프란츠 카프카

변신

프란츠 카프카

변신

프란츠 카프카 소설 | 루이스 스카파티 그림 | 이재황 옮김

문학동네

어느 날 아침 그레고르 잠자가 불안한 꿈에서 깨어났을 때 그는 침대 속에서 한 마리의 흉측한 갑충으로 변해 있는 자신의 모습을 발견했다. 그는 철갑처럼 단단한 등껍질을 대고 누워 있었다. 머리를 약간 쳐들어보니 불룩하게 솟은 갈색의 배가 보였고 그 배는 다시 활 모양으로 휜 각질의 칸들로 나뉘어 있었다. 이불은 금방이라도 주르륵 미끄러져내릴 듯 둥그런 언덕 같은 배 위에 가까스로 덮여 있었다. 몸뚱이에 비해 형편없이 가느다란 수많은 다리들은 애처롭게 버둥거리며 그의 눈앞에서 어른거렸다.

'이게 대체 어찌된 일일까?' 그는 생각했다. 꿈은 아니었다. 다소 작기는 해도 사람 사는 방으로 손색이 없는 그의 방은 낯익은 사면의 벽들로 둘러싸여 조용히 놓여 있었다. 옷감 견본들이 풀어헤쳐진 채 어지럽게 널려 있는 책상 위로는—잠자는 출장 영업사원이었다—그가 얼마 전 어느 화보 잡지에서 오려내 금박의 예쁜 액자에 끼워넣은 그림이 걸려 있었다. 모피 모자를 쓰고 모피 목도리를 두른 채 꼿꼿이 앉아 있는 한 여인의 그림이었다. 그림 속의 그녀는 그를 향해 팔뚝을 완전히 가린 두툼한 모피 토시를 쳐들어 보이고 있었다.

그레고르의 시선은 이어서 창 쪽으로 향했다. 칙칙한 날씨가 그를 온통 울적한 기분에 젖게 했다. 빗방울이 후둑후둑 창문의 함석판을 두드리는 소리가 들려왔다. '잠을 조금 더 자서 이 어처구니없는 상황을 모두 잊어버리는 게 어떨까?' 하고 그는 생각했으나 그건 결코 실행할 수 없는 일이었다. 왜냐하면 그는 오른쪽으로 누워 자는 버릇이 있었는데, 지금 상태로는 도저히 그런 자세로 누울 수가 없었기 때문이다. 몸을 오른쪽으로 돌리려고 아무리 애를 써보아도 그는 번번이 등을 대고 누운 자세로 되돌아와 흔들거리기만 할 뿐이었다. 그러기를 아마 백 번쯤은 해보았고, 그는 버둥거리는 다리들을 보지 않으려고 두 눈을 감았다. 그리고 옆구리에서 이때까지 한 번도 느껴보지 못한 가볍고 둔한 통증이 느껴지기 시작하자 그제서야 그는 그러기를 그만두었다.

그는 생각에 잠겼다. '아아, 세상에! 나는 어쩌다 이런 고달픈 직업을 택했단 말인가. 허구한 날 여행만 다녀야 하다니. 회사에 앉아 실제의 업무를 보는 일보다 스트레스가 훨씬 더 심하다. 게다가 여행할 때의 이런저런 피곤한 일들이 마음을 더 무겁게 한다. 기차를 제대로 갈아타기 위해 늘 신경을 써야 하는 일, 불규칙하고 형편없는 식사, 상대가 늘 바뀌어 결코 오래 갈 수 없는 만남과 결코 진실하게 이루어질 수 없는 인간적 교류 등등. 악마여, 제발 좀 이 모든 것들을 다 가져가다오.' 배 위쪽이 약간 가려운 느낌이 들었다. 머리를 좀더 쳐들어 더 잘 볼 수 있도록 그는 등으로 몸을 밀어 천천히 침대 기둥 쪽으로 다가갔다. 그러다 마침내 가려운 곳을 발견했는데 그곳은 온통, 뭐라고 판단하기 어려운 깨알같이 작고 흰 반점들로 뒤덮여 있었다. 그는 다리 하나를 내밀어 그곳을 만져보려고 했으나 금세 다리를 뒤로 움츠려야 했다. 그 부위에 다리가 닿자마자 오싹하는 냉기가 그의 온몸을 휘감았기 때문이다.

그는 다시 미끄러져 이전 자세가 되었다. 그리고 다시 생각에 잠겼다. '이렇게 너무 일찍 일어나는 건 사람을 아주 멍청하게 만든단 말이야. 사람은 잘 만큼 자야 하는데. 다른 출장 영업사원들은 다들 하렘*의 여자들처럼 살고 있지 않은가. 가령 내가 주문받은 것들을 장부에 기입해두려고 오전 중에 여관에 돌아와보면 그자들은 그제야 일어나 앉아 아침을 먹고 있는 중이거든. 내가 사장 앞에서 그런 식으로 해보라지. 그럼 당장 쫓겨나고 말걸. 그런데 쫓겨나는 편이 차라리 내게 더 잘된 일일지도 모르지. 그렇지

---

* 남자들의 출입이 엄금되는 터키 여인들의 방.

않다고 장담할 수 있는 사람이 누가 있겠어. 그동안 우리 부모를 생각해서 꾹 참아왔지만, 만일 참지 않았더라면 나는 진작 사표를 냈을 거고 사장 앞으로 다가가 그의 면전에 대고 평소에 품고 있던 내 생각을 속시원히 내뱉어주었을 텐데. 그러면 사장은 틀림없이 책상에서 굴러떨어졌을 거야! 책상 위에 걸터앉아 위에서 내려다보며 직원과 이야기하는 사장의 버릇이라니, 참 별나기도 하지. 게다가 사장은 귀가 어두워 우리 직원들은 바싹 다가서야 하잖아. 그렇지만 아직 희망을 완전히 접은 것은 아니야. 우리 부모가 그에게 진 빚을 다 갚을 만큼 내가 언제고 돈을 모으게 되면—그러려면 오륙 년은 더 걸릴 테지만—꼭 그렇게 해주고야 말겠어. 그렇게 되면 인생에 커다란 전기(轉機)가 마련되겠지. 하지만 지금 당장은 일어나야 해. 다섯시면 기차가 떠나니까.'

그러고서 그는 서랍장 위에서 째깍거리고 있는 탁상시계 쪽을 건너다보고는 마음속으로 외쳤다. '하느님 맙소사!' 여섯시 반이었다. 시곗바늘은 조용히 앞으로 나아가고 있었다. 이제 삼십분도 지나 어느새 사십오분을 향해 다가가고 있었다. 혹시 자명종이 울리지 않은 것은 아닐까? 자명종 바늘이 정확히 네시에 맞추어져 있는 것이 침대에서도 보였다. 시계는 틀림없이 울렸을 것이다. 하지만 온 방 안을 뒤흔들 정도로 요란한 그 소리를 듣고도 편안히 잠을 잔다는 것이 과연 가능한 일이었을까? 글쎄, 편히 자지는 않았더라도, 어쨌든 그만큼 깊이 잠 속에 빠져 있었던 것 같다. 그런데 이제 어떻게 해야 한단 말인가? 다음 기차는 일곱시에 있었다. 그 기차를 잡아타기 위해서는 미친듯이 서둘러야 하는데, 견본 꾸러미는 아직 싸두지도 않은데다 기분도 썩 상쾌하지 않았고 몸도 그리 가뜬하지 않았다. 설사 그 기차를 탄다 해도 사장의 불호령은 피할 수가 없을 것이다. 사환 아이가 기차 시간에 맞추어 다섯시에 나와 기다리고 있다가 그가 그 기차에 타지 않은 사실을 일찌감치 보고해버렸을 테니까. 사장의 꼭두각시나 다름없는 녀석은 줏대도 없고 분별도 모르는 위인이었다. 그렇다면 이제 몸이 아프다고 연락하면 어떨까? 하지만 그것은 지극히 궁색하고도 수상쩍은 변명이 될 것이다. 그 회사에 오 년이나 근무하는 동안 그레고르는 아직 한 번도 아파본 적이 없었기 때문이다. 사장은 틀림없이 의료보험조합에서 나온 의사를 대동하고 나타나 게으른 아들을 두었다고 부모님께 비난을 퍼부어댈 것이고 의사의 말을 빌려 어떤 이의도 묵살해버릴 것이다. 의사가 보기에는 건강하면서도 일하기 싫어 아픈 척하는 사람들이 세상에 너무나 많을 테니까. 그런데 지금 같은 경우에 사장의 처사가 전적으로 부당하다고만 할 수 있을까? 그레고르는 오래 잠을 자고 났는데도 군더더기처럼 남아 있는 졸린 기운 말고는 사실 컨디션도 썩 괜찮은 편이었고 강렬한 허기마저 느끼고 있었다.

아직 침대를 벗어나야겠다는 결심을 못한 채 그의 머릿속에서 이 모든 생각들이 휙휙 지나가고 있었을 때—그때 시계는 막 여섯시 사십오분을 가리켰다—누군가 침대 머리맡의 문을 조심스럽게 두드리는 소리가 들렸다.

이어 "그레고르" 하고 부르는 소리가 났다. 어머니였다.

"여섯시 사십오분이야. 안 나갈 거니?"

저 부드러운 목소리! 그레고르는 대답하는 자신의 목소리를 듣고 깜짝 놀랐다. 그것은 틀림없이 예전의 자기 목소리였지만, 거기에는 저 아래에서부터 울려나오는 듯한, 억제할 수 없는, 가늘고 고통스러운 고음의 소리가 섞여 있었다. 피잇피잇거리는 그 소리 때문에 그의 말들은 처음 순간에만 분명하게 들리다가 곧 뒤의 울림에 묻혀버렸으므로 그가 무슨 말을 하는지 잘 알아들을 수가 없었다. 그레고르는 모든 일을 자세하게 설명하고 싶었지만 사정이 이러하므로 "네, 네. 고마워요, 어머니. 일어나는 중이에요"라고만 말하는 것으로 만족했다. 나무로 된 문이어서 그레고르의 목소리가 변했다는 것을 아마 밖에서는 알아챌 수 없었나보다. 왜냐하면 어머니는 그의 대답을 듣고 안심한 듯 신발을 질질 끌며 가버렸기 때문이다. 그러나 이 짧은 대화로 인해 다른 식구들도 그레고르가 뜻밖에도 아직 집에 있다는 사실을 알게 되었다. 어느새 아버지가 한쪽 옆문을 약하게, 하지만 주먹으로 두드렸다.

"그레고르, 그레고르! 대체 무슨 일이냐?"

아버지는 잠시 후 좀더 굵은 목소리로 다시 한번 "그레고르! 그레고르!" 하고 부르며 대답을 재촉했다. 이번에는 다른 쪽 옆문에서 여동생이 나지막한 목소리로 호소하듯 말하였다.

"오빠, 어디 안 좋아요? 뭐 필요한 거 있어요?"

그레고르는 양쪽을 향해 대답했다.

"이제 다 됐어요."

그는 발음에 아주 세심하게 주의를 기울이고 단어와 단어 사이에 긴 간격을 두어 자신의 목소리가 이상하게 들리지 않도록 노력했다. 아버지는 아침식사를 하러 돌아갔으나 여동생은 속삭이는 소리로 말했다.

"오빠, 문 좀 열어요, 제발 부탁이야."

하지만 그레고르는 문을 열 생각은 전혀 않고, 오히려 여행 다니면서 익힌 습관대로 집에서도 밤중에는 문을 모두 닫아거는 자신의 조심성을 다행스럽게 여겼다.

처음에 그는 누구의 간섭도 받지 않고 가만히 일어나 옷을 입은 후 무엇보다 먼저 아침식사부터 하고 싶었다. 그다음 일은 그때 가서 찬찬히 생각해보려고 했다. 침대에 누워서는 아무리 생각에 몰두해봤자 신통한 결론에 이르지 못하리라는 것을 그는 잘 알고 있었기 때문이다. 어쩌다 간혹 어설픈 자세로 누워 자는 바람에 생긴 듯한 가벼운 통증이 느껴지다가도 막상 일어나보면 그것이 순전히 침대 속 공상이었음을 깨닫곤 했던 일이 기억났다. 그래서 오늘의 이 이상한 환상은 어떻게 사라져갈 것인지 몹시 궁금해졌다. 목소리가 변한 것은 바로 출장 영업사원들의 직업병인 독한 감기의 전조일 뿐이라는 것을 그는 조금도 의심치 않았다.

이불을 걷어내는 것은 아주 간단했다. 몸을 약간 부풀리기만 하면 되었다. 그러자 이불은 저절로 떨어져내렸다. 그러나 그다음부터가 어려웠다. 몸이 너무 많이 옆으로 퍼져 있어서 더욱 어려움이 컸다. 몸을 일으켜세우려면 팔과 손이 있어야 하는데, 이젠 그런 것 대신 가는 다리들만 수없이 많이 있었다. 그 다리들은 끊임없이 제각각 움직였고 그의 뜻대로 통제할 수가 없었다. 다리 하나를 구부려보려고 애쓰면 오히려 그 다리가 먼저 쭉 펴지는 식이었다. 마침내 그 다리로 그가 원하는 동작을 해내는 데 성공했다 하더라도, 그사이 다른 다리들은 마치 구속에서 풀려나기라도 한 듯 흥분 상태가 극에 달해 안달하며 법석을 떠는 것이었다. "이렇게 그냥 침대에만 있다가는 아무 일도 안 되겠다." 그레고르는 혼잣말을 했다.

먼저 그는 몸의 아랫부분을 침대 밖으로 내밀어보려고 했다. 하지만 하반신을 움직이는 것은 쉬운 일이 아니라는 것을 알게 되었다. 더욱이 그로서는 아직 그 하반신을 보지도 못했고, 어떻게 생겼는지 도무지 상상도 할 수 없었다. 그래서 일은 아주 더디게 진행되었다. 그러다가 마침내는 욱하는 심정이 되어 앞뒤 안 살피고 온 힘을 모아 냅다 몸을 앞으로 밀어댔더니, 그만 방향을 잘못 잡아 아래쪽 침대 기둥에 세게 부딪히고 말았다. 곧 화끈거리는 통증이 느껴졌고, 그 통증은 변해버린 자신의 몸에서 가장 예민한 부분이 지금으로선 하반신임을 깨닫게 해주었다.

따라서 그는 상반신을 먼저 침대 밖으로 나오게 하려고 머리를 침대 가장자리로 조심스럽게 돌렸다. 이 동작은 쉽게 성공하였다. 몸뚱이는 널찍하고 무거웠지만 결국 머리가 돌아가는 방향을 따라 천천히 움직였다. 하지만 드디어 머리를 침대 밖의 허공에 두게 되었을 때, 그는 이런 식으로 계속 밀고 나가기가 겁이 났다. 그런 식으로 몸을 밀어 떨어지게 놔두고도 머리를 다치지 않으려면 그야말로 어떤 기적이라도 일어나야 했기 때문이다. 무슨 일이 있어도 지금은 의식을 잃어서는 안 되었다. 그는 차라리 그냥 침대에 머물기로 했다.

다시 같은 노력을 들인 끝에 그는 한숨을 내쉬며 조금 전과 같이 등을 대고 누운 상태로 돌아왔고, 다리들이 다시 아까보다 더욱 기승을 부리며 서로 아귀다툼을 벌이는 모습을 보게 되었다. 그러다가 이렇게 제멋대로인 상황

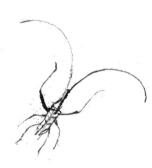

을 다스려 안정과 질서를 가져올 가능성이 없음을 깨닫고는 다시 혼잣말을 중얼거렸다. "침대에 그냥 머물러 있을 수는 없어. 전부를 희생해서라도 침대에서 벗어날 수 있는 희망이 조금이라도 있다면 그렇게 하는 편이 가장 올바른 길이야." 하지만 그와 동시에 그는 절망적인 결심보다는 침착한, 최대로 침착한 성찰이 훨씬 더 낫다는 사실을 잊지 않았다. 그 순간 그는 최대한 날카로운 시선으로 창밖을 바라보았으나, 유감스럽게도 좁은 거리의 건너편까지 뒤덮어버린 아침 안개만 보일 뿐, 그 안개 자욱한 창밖 풍경으로부터 어떤 낙관적 기대나 경쾌한 기운을 얻을 수는 없었다. "벌써 일곱시로군." 시계가 또 새로운 시간을 알리자 그는 그렇게 중얼거렸다. "벌써 일곱시인데도 안개가 여전히 저렇게 짙게 끼어 있구나." 그리고 한동안 그는 숨을 낮게 쉬며 가만히 누워 있었다. 마치 완전한 정적이 이루어지면 그로부터 다시 정상적인 현실의 상황이 회복될지도 모른다고 기대하기라도 하는 듯했다.

그러다가 그는 다시 중얼거렸다. "일곱시 십오분이 되기 전에는 무슨 수를 써서라도 침대에서 완전히 벗어나야 해. 그때까지는 분명 회사에서 누군가가 나에 대해 물으러 올 거야. 사무실은 일곱시 전에 문을 여니까." 이제 그는 아래위 할 것 없이 몸 전체에 고루 힘을 주고는 좌우로 몸을 흔들어 침대를 벗어나려고 했다. 이런 식으로 침대에서 몸을 떨어지게 한다면 머리를 다치는 일은 없을 것이다. 떨어지면서 머리를 반짝 들어주기만 하면 말이다. 등은 단단해 보였으므로 양탄자 위로 떨어지면 아무 일도 없으리

라. 가장 염려스러운 것은 떨어질 때 틀림없이 나게 될 쿵 하는 요란한 소리였다. 그 소리는 분명 문밖의 식구들에게 공포는 아니더라도 걱정을 끼치게 될 것이다. 그렇더라도 이 일은 반드시 감행하지 않으면 안 되었다.

어느새 그레고르의 몸이 절반쯤 침대 밖으로 나오게 되었을 때―이 새로운 방법은 힘들다기보다는 일종의 놀이와도 같아서, 계속 순간적인 반동을 이용해 좌우로 몸을 흔들어주기만 하면 되었다―지금 자신을 도와주는 사람만 있다면 이 모든 일이 얼마나 간단할까 하는 생각이 들었다. 힘센 사람 두 명만 있으면 충분할 것이다. 그는 아버지와 하녀를 떠올렸다. 그들은 둥글게 휜 그의 등 아래로 양팔을 밀어넣어 그를 침대에서 들어내 허리를 굽혀 바닥에 내려놓은 다음 그가 몸을 뒤집을 때까지 그저 조심스레 지켜보며 참고 기다려주기만 하면 될 텐데. 그런 다음엔 그 가는 다리들이 바라건대 제 구실을 하게 될 것이다. 그렇다면 문들이 굳게 잠겨 있다는 사실은 그렇다 치고, 이젠 정말로 도와달라고 소리쳐야 하지 않을까? 그가 지금 비록 곤경에 처해 있다고는 해도 그런 생각을 하게 되자 미소를 금치 않을 수 없었다.

이미 그는 조금만 더 세게 흔들면 몸의 균형을 잡지 못하게 될 상태에 이르러 있었다. 이제 곧 마지막 결단을 내려야 했다. 오 분만 있으면 일곱시 십오분이었다. 그때 현관에서 초인종이 울렸다. "회사에서 사람이 온 모양이군." 그렇게 중얼거리는데 몸은 거의 굳어버렸고, 그동안 그의 다리들은 그만큼 더 분주하게 춤을 추어댔다. 순간 사방이 고요해졌다. "문을 열어주지 않겠지." 그레고르는 그렇게 터무니없는 희망에 사로잡혀 중얼거렸다. 그러나 곧이어 여느 때처럼 당연하다는 듯이 하녀가 힘찬 걸음으로 현관문을 향해 걸어가 문을 열어주었다. 그레고르는 방문객의 첫마디 인사말만 듣고도 누구인지 금방 알 수 있었다. 지배인이 직접 온 것이다. 왜 유독 그레고르만이 조금만 직무에 태만해도 곧장 엄청난 의심을 사게 되는 그런 회사에서 근무해야 하는 신세가 된 것일까? 도대체 회사원들이 죄다 건달이기라도 하단 말인가? 도대체 그들 중에는 아침 한두 시간만이라도 회사를 위해 봉사하지 않으면 양심의 가책이 너무 큰 나머지 정신이 이상해져 그야말로 침대를 떠날 수도 없는 그런 충성스럽고 헌신적인 인간은 하나도 없단 말인가? 사환 아이를 보내 물어봐도 충분하지 않았을까? 그 일이 정녕 그렇게 필요했다면 말이다. 굳이 이렇게 지배인이 직접 와야 했을까? 그렇게 함으로써 이 수상쩍은 사건에 대한 조사가 단지 지배인의 판단에만 맡겨질 수 있다는 사실이 죄 없는 가족들에게까지 알려져야 한단 말인가? 그레고르는 어떤 결심을 해서라기보다 이런 생각들에 몰두하다보니 저절로 흥분이 되어서 온 힘을 다해 침대 밖으로 몸을 날렸다. 부딪치는 소리가 꽤 크긴 했지만 요란할 정도는 아니었다. 추락의 충격은 양탄자 덕분에 다소 줄어들었고, 철갑 같은 등도 그레고르가 생각했던 것보다는 탄력이 있었기 때문에 둔탁한 소리가 잠시 울렸을 뿐 그다지 주의를 끌 만한 것은 아니었다. 다만 충분히 주의를 기울여 머리를 치켜들지 못했기 때문에 그만 바닥에 살짝 부딪히고 말았다. 그는 짜증도 나고 아프기도 하여 머리를 이리저리 돌리며 양탄자에 문질렀다.

"저 안쪽에서 무언가 떨어졌나봅니다."

지배인이 왼쪽 옆방에서 말했다. 그레고르는 오늘 자기한테 일어난 일과 비슷한 일이 언젠가 지배인에게도 일어날 수 있지 않을까 상상해보았다. 그럴 가능성을 사실 부인할 수는 없었다. 그러나 그런 그의 의문에 대해 거친 대답으로 응수하려는 듯이 지배인은 옆방에서 몇 걸음을 또박또박 걸으며 에나멜 장화를 삐걱거렸다. 오른쪽 옆방으로부터는 여동생이 그레고르에게 귀띔을 해주기 위해 속삭이는 소리로 말했다.

"오빠, 지배인님이 오셨어요."

"알아."

그레고르는 혼자서 중얼거렸다. 하지만 그는 감히 목소리를 여동생이 들을 수 있을 만큼 크게 높이지는 못했다.

이제 다시 왼쪽 옆방에서 아버지가 말했다.

"그레고르, 지배인님께서 오셔서 네가 왜 새벽 기차로 출발하지 않았느냐고 물으신다. 뭐라고 말씀드려야 할지 모르겠구나. 지배인님께서는 너하고 직접 말씀하고 싶어하신다. 그러니 어서 문을 열어라. 방이 지저분하더라도 이해해주실 거야."

그사이 지배인이 다정하게 외쳤다.

"안녕하시오, 잠자 씨."

아버지가 계속 문에 대고 얘기하는 동안 어머니가 지배인에게 말했다.

"저 아이가 몸이 편치 않아요. 제 말을 믿어주세요, 지배인님. 그렇지 않고서야 그레고르가 어떻게 기차를 놓치겠어요! 저 아이 머릿속엔 오직 회사일밖에 없답니다. 저녁에도 외출 한번 하는 걸 보지 못했으니 오히려 제가 화가 날 지경이에요. 이번만 해도 집에 머문 지 일주일이나 되었지만 매일 저녁 집에만 틀어박혀 있었답니다. 집에 있을 때면 책상에 앉아서 조용히 신문을 읽거나 기차 시간표를 들여다보고 있지요. 그러다가 심심하면 실톱을 가지고 열중해서 무언가를 만드는 게 저애의 심심풀이 취미예요. 일례로 이삼 일 저녁시간 동안 조그만 액자를 하나 만들어내기도 한답니다. 얼마나 예쁜지 보면 놀라실 거예요. 저 방 안에 걸려 있답니다. 그레고르가 문을 열면 금방 보시게 될 거예요. 그건 그렇고 지배인님께서 이렇게 와주셔서 정말 다행이에요. 저희만으로는 그레고르가 문을 열게 하지 못했을 거예요. 고집이 보통 센 아이가 아니거든요. 틀림없이 몸이 안 좋은 거예요. 아까는 그렇지 않다고 했지만요."

"곧 나가요."

그레고르는 천천히 신중하게 말했다. 그러고는 밖에서 하는 얘기들을 한마디도 놓치지 않으려고 꼼짝도 하지 않았다. 지배인이 말했다.

"부인, 저도 달리는 이해할 수가 없군요. 대수롭지 않은 일이길 바랍니다. 그러나 또 한편으로 생각해보면, 우리 사업하는 사람들은―이걸 유감스럽다 해야 할지 다행이라 해야 할지는 좋을 대로 생각할 일입니다만―몸이 조금 불편한 것쯤은 흔히 사업을 생각해서 그냥 참고 넘겨야 하지요."

"그럼 이제 지배인님께서 네 방으로 들어가셔도 되겠지?"

조급해진 아버지가 그렇게 묻고는 다시 문을 두드렸다.

"안 돼요."

그레고르가 말했다. 왼쪽 옆방에서는 어색한 침묵이 흘렀고, 오른쪽 옆방에서는 여동생이 흐느껴 울기 시작했다.

대체 왜 여동생은 다른 식구들이 있는 쪽으로 가지 않는 걸까? 이제 막 일어나 아직 옷도 갈아입지 못한 모양이다. 그런데 왜 우는 걸까? 그가 일어나지도 않고 지배인을 방에 들이지도 않아서? 아니면 그가 직장을 잃게 될까봐? 그러고 나면 사장이 다시 묵은 빚 독촉으로 부모님을 못살게 굴 것 같아서? 하지만 그런 염려는 지금으로선 쓸데없는 걱정이다. 아직은 그레고르가 여기에 있고, 가족을 저버릴 생각은 추호도 없었다. 물론 지금 당장은 양탄자 위에 누워 있는 신세이고, 그런 그의 형편을 아는 사람이라면 아무도 그에게 지배인을 들어오게 하라고 진심으로는 요구하지 않았을 것이다. 하지만 나중에 적당한 핑계로 둘러댈 수 있을 이런 사소한 결례 때문에 그가 당장 해고될 수는 없는 일이었다. 그레고르가 보기에 자신을 눈물과

설득으로 귀찮게 하기보다는 이대로 가만히 놔두는 편이 훨씬 더 현명한 처사일 듯싶었다. 그러나 그들을 그렇게 당혹스럽게 하고 또 그들의 행동을 납득할 만한 것으로 여겨지게 하는 것은 도무지 갈피를 잡을 수 없는 그 어떤 불확실성이었다.

지배인이 언성을 높였다.

"잠자 씨, 도대체 무슨 일이요? 당신은 거기 방 안에서 바리케이드를 치고 들어앉아 그저 네, 아니오, 라고만 대답하면서, 부모님한테는 공연히 큰 걱정을 끼쳐드리고, 회사에 대해서는—이건 말이 나왔으니 하는 말이지만—정말이지 파렴치한 방식으로 직무상의 의무를 태만히 하고 있으니 말이오. 내 이 자리에서 당신 부모님과 사장님의 이름으로 말하는데, 당신의 즉각적이고 명확한 해명을 아주 진지하게 요청하는 바이오. 난 놀랐소, 정말 놀랐어. 차분하고 분별 있는 사람인 줄로만 알았는데, 이제 보니 당신은 느닷없이 별난 객기를 부리려는 것 같구려. 사실 오늘 아침 사장님께서 당신이 이렇게 직무를 태만히 할 만한 이유를 짚어보시며 내게 슬쩍 그럴듯한 언질을 주시긴 했지만 말이오. 그건 얼마 전 당신에게 맡긴 수금 일에 관한 것이었는데, 나는 진정으로 거의 내 명예를 걸고서 그런 이유는 절대 아닐 거라고 맹세를 했소. 하지만 이제 이렇게 이해할 수 없는 당신의 옹고집을 대하고 보니 당신을 위해 조금이라도 애써주고 싶던 마음이 싹 달아나버렸소. 그리고, 당신의 일자리는 결코 확고부동한 것이 아니오. 본래 이 모든 이야기는 당신과 단둘이서만 할 생각이었는데, 당신이 쓸데없이 이렇게 내 시간을 허비하게 하니 당신 부모님들도 이 일에 대해 듣지 말아야 할 이유가 없는 것 같소. 최근 당신의 업무 실적은 사실 매우 불만족스러운 것이었소. 지금이 그다지 영업을 잘할 수 있는 계절이 아니란 건 알고 있소. 그 점은 우리도 인정하오. 그렇지만 영업을 못할 계절이란 또 절대로 있을 수 없고, 잠자 씨, 또 있어서도 안 되지요."

"하지만 지배인님!" 그레고르는 자신도 모르게 소리를 쳤고 흥분한 나머지 다른 일들은 모두 잊어버렸다. "당장 문을 열어드리지요. 몸이 조금 불편한데다 갑자기 현기증이 나는 바람에 일어나지 못한 것뿐이에요. 저는 아직도 침대에 누워 있습니다. 하지만 지금은 다시 어느새 몸이 거뜬해졌어요. 막 침대에서 일어나고 있는 중입니다. 잠깐만 기다려주세요! 아직은 몸이 생각만큼 그리 좋지는 않군요. 하지만 금세 또 괜찮아진 것 같아요. 어떻게 이런 일이 갑자기 한 사람에게 닥칠 수 있는지 기가 막힐 뿐입니다! 어제 저녁까지만 해도 컨디션은 아주 좋았어요. 그건 우리 부모님도 잘 알고 계시지요. 아니 실은, 어제 저녁때 이미 가벼운 조짐이 있었습니다. 제 안색을 보았다면 분명 알아챌 수 있었을 거예요. 내가 왜 그걸 미리 회사에 알리지 않았는지, 참! 하지만 뭐 집에서 쉬지 않고도 일을 하다보면 병을 이겨낼 거라고들 생각하기 마련이지요. 지배인님, 제 부모님은 끌어들이지 마세요! 지금 저에게 하시는 비난들은, 네, 모두 근거가 없는 것입니다.

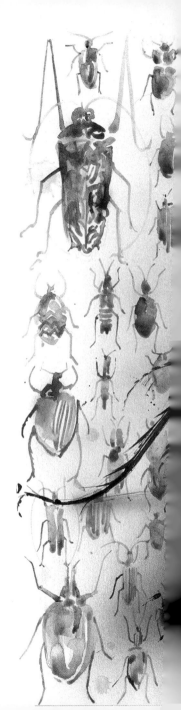

아무도 저에 대해 그런 말을 한 적이 없었거든요. 단 한 마디도 말입니다. 지배인님은 제가 최근에 보내드린 주문서를 아마 읽어보지 않으신 모양입니다. 그건 그렇고, 여덟시 기차로는 출발하도록 하겠습니다. 몇 시간 쉬었더니 다시 힘이 나는군요. 지배인님, 제발 여기서 시간을 지체하지 마세요. 제가 곧 회사로 나가겠습니다. 그러니 아량을 베푸시어 사장님께 그렇게 말씀드리고 저에 대해서도 말씀 좀 잘 해주세요!"

그레고르는 이 모든 말들을 급히 내뱉으면서도 자신이 무슨 말을 하는지 거의 몰랐다. 그러는 동안 그는 침대에서 익힌 연습 덕분인 듯 쉽사리 서랍장 쪽으로 다가갔고, 이제 거기에 기대어 몸을 일으켜보려 애쓰고 있었다. 실제로 문을 열고 자신의 모습을 내보여 지배인과 직접 이야기하려는 것이었다. 지금 그토록 그를 보고자 하는 저들이 그의 모습을 보고 뭐라고 할지 정말 듣고 싶었다. 그들이 질겁을 하고 놀란다면 그것은 더이상 그레고르의 책임이 아니었다. 그는 그냥 가만히 있으면 될 일이었다. 하지만 그들이 모든 것을 차분히 받아들인다면 그 역시 흥분할 이유가 없었고, 서두른다면 정말 여덟시까지는 역에 도착할 수도 있을 것이었다. 처음에는 몇 번이나 그 매끈한 서랍장에서 미끄러졌지만 마지막 안간힘으로 몸을 휙 젖혀 그는 결국 똑바로 설 수 있게 되었다. 아랫배가 몹시 화끈거렸지만 이제 그런 통증 따위는 아무 문제도 되지 않았다. 그는 가까이 있는 의자의 등받이를 향해 몸을 날려 가는 다리들로 그 가장자리를 꽉 붙잡았다. 그렇게 해서 비교적 몸을 잘 가눌 수 있게 되자 그는 입을 다물었다. 지배인의 말소리가 다시 들려왔기 때문이다.

"아드님의 말을 혹시 한 마디라도 알아들으셨나요?" 지배인이 부모님에게 물었다. "그가 설마 우리를 바보로 만들려는 건 아니겠죠?"

"맙소사, 그럴 리가요!" 어머니의 목소리에는 이미 울음이 섞여 있었다. "저애가 심하게 아픈가봐요. 그러니 지금 우리가 저앨 괴롭히고 있는 거예요." 그러고서 어머니는 소리쳤다. "그레테! 그레테!"

"엄마, 왜요?"

여동생이 맞은편에서 외쳤다. 그들은 그레고르의 방을 사이에 두고 말을 주고받았다.

"너 당장 의사한테 다녀와야겠다. 그레고르가 병이 났어. 어서 의사를 불러와. 너 지금 그레고르가 말하는 소리를 들었니?"

"그건 동물의 소리였습니다."

지배인은 어머니의 울부짖음에 비해 현저히 낮은 소리로 말했다.

"안나! 안나!" 아버지가 거실 저쪽 부엌을 향해 소리치며 손뼉을 쳤다. "얼른 가서 열쇠공 좀 데려오너라!"

두 처녀는 치맛자락 소리를 내며 거실을 가로질러 내달려서는—대체 여동생은 어떻게 그렇게 빨리 옷을 주워입었을까?—현관문을 확 열어젖혔다. 문이 쾅 닫히는 소리는 들리지 않았다. 큰 불행이 닥친 집들에서 흔히 그렇듯 문을 활짝 열어둔 채 급하게 나간 모양이다.

하지만 그레고르는 오히려 훨씬 더 침착해졌다. 그사이 귀에 익숙해진 탓인지 그에게는 자신의 말이 충분히 뚜렷하게, 전보다 더 뚜렷하게 들린다고 생각되었지만, 다른 사람들은 그러니까 그의 말을 더이상 알아듣지 못하는 것임에 분명했다. 그러나 어쨌든 그들은 이제 그의 상태가 결코 정상이 아니라는 것을 믿게 되었고, 그를 도와주려는 자세를 갖게 되었다. 그들이 취한 첫 조치에서 보여준 신뢰와 확신에 그는 마음이 놓였다. 그는 자신이 다시 인간사회 속에 받아들여지는 기분이 들었고, 의사건 열쇠공이건 막연히 그 둘이 함께 대단하고 놀라운 활약을 펼쳐 보일 것으로 기대했다. 점점 다가오는 결정적 협상 장면에서 되도록 분명한 목소리를 내기 위해 그는 몇 번 헛기침을 해보았다. 다만 소리를 죽여서 하느라고 애를 썼다. 어쩌면 기침 소리조차 사람의 기침 소리와는 다르게 들릴지도 모르는 일이었기 때문이다. 더이상 스스로 그것을 판단할 자신이 없었다. 그러는 사이 옆방은 아주 조용해졌다. 아마도 부모님과 지배인은 식탁에 앉아 속닥거리고 있을 것이다. 아니면 모두들 문에 기대어 엿듣고 있거나.

그레고르는 의자를 몸과 함께 천천히 문 쪽으로 밀고 가서 거기에 놓아두었다. 그러고는 얼른 문을 향해 몸을 던진 후 거기에 붙어 몸을 똑바로 일으켜세웠다. 가느다란 다리 끝마다 달린 둥그런 발바닥에는 약간의 점액 물질이 묻어 있었다. 그동안 계속 힘을 쓰느라 피곤해진 그는 그렇게 선 채로 잠시나마 휴식을 취했다. 그러곤 곧이어 입으로 자물통 안에 꽂힌 열쇠를 돌리는 일에 착수했다. 하지만 그에게는 제대로 된 이빨이라고 할 만한 것이 없어 보였다. 그렇다면 무엇으로 열쇠를 잡아야 할까? 그 대신 다행히도 턱은 매우 강했다. 덕분에 그는 힘겹게나마 열쇠를 움직일 수 있었다. 그러는 동안 분명 어딘가에 상처를 입었는지 입에서 갈색의 액체가 열쇠를 타고 흘러내려 바닥으로 뚝뚝 떨어졌다. 그러나 그는 개의치 않았다.

"좀 들어보세요." 지배인이 옆방에서 말했다. "열쇠를 돌리고 있어요."

이 말이 그레고르에게는 큰 격려가 되었다. 모두가 그에게 응원을 보내주면 더 좋을 텐데. 아버지와 어머니도. "힘내라, 그레고르! 자 조금씩 돌려, 열쇠를 꽉 붙잡고!" 그렇게 외쳐주었으면…… 자신이 애쓰고 있는 것을 모두가 숨을 죽이고 지켜보고 있다는 생각에 그는 젖 먹던 힘까지 다해 정신없이 열쇠를 꽉 물고 늘어졌다. 열쇠가 돌아감에 따라 그의 몸도 자물통 주위를 춤추듯 돌았다. 이제 그는 입으로만 몸을 지탱하고 있었는데, 필요에 따라 열쇠에 매달리기도 하고 그러다가 온 체중을 실어 그것을 다시 내리누르기도 했다. 마침내 찰칵 하고 자물쇠가 뒤로 당겨지는 맑은 소리에 그레고르는 번쩍 정신이 들었다. 후, 하고 숨을 내쉬며 그는 중얼거렸다. "그러니까 열쇠공은 부를 필요가 없었어." 그는 문을 완전히 열기 위해 머리를 손잡이 위에 올려놓았다.

이렇게 해서 문을 열어야 했기 때문에 문은 결국 상당히 넓게 열리기는

했지만 정작 그 자신은 문짝에 가려 아직 보이지 않았다. 그는 한쪽 문짝을 따라 천천히 돌아나가야 했다. 더구나 거실로 나가기 직전에 뒤로 벌렁 나자빠지지 않으려면 여간 조심스러운 일이 아니었다. 그는 그 까다로운 동작에 몰두하느라 다른 것에는 눈길을 줄 여유가 없었는데, 그때 "앗!" 하고 지배인이 내지르는 소리가 들렸다. 그것은 마치 바람이 윙, 하고 스쳐지나가는 소리 같았다. 곧 그레고르도 그를 보게 되었는데, 문에서 가장 가까이 서 있던 그는 벌어진 입을 손으로 틀어막으며 어물어물 뒷걸음질치고 있었다. 마치 보이지 않는 어떤 힘이 지속적으로 고르게 작용하여 그를 몰아내고 있는 듯했다. 어머니는 지배인이 와 있는데도 간밤에 풀어놓아 뻗친 머리카락을 손질도 하지 않은 채 서 있었다. 그녀는 두 손을 모은 채 잠시 아버지를 쳐다보다가 그레고르 쪽으로 두어 걸음 걸어가더니 치마가 사방으로 쫙 펴지며 그 가운데쯤에 픽 쓰러져버렸다. 얼굴은 가슴에 푹 파묻혀 전혀 보이지 않았다. 아버지는 그레고르를 방 안으로 도로 밀어넣으려는 듯 적의에 찬 표정으로 주먹을 불끈 쥐더니 거실 안을 불안하게 두리번거렸다. 그러고는 곧이어 양손으로 두 눈을 가리고 그 탄탄한 가슴이 들먹거릴 정도로 울어대기 시작했다.

그레고르는 거실로 나가지 않고 단단히 빗장을 걸어놓은 다른 쪽 문짝을 잡고 안쪽으로 기대어 섰다. 그의 몸은 이제 절반만 보였고, 그 위로는 다른 사람들을 내다보기 위해 옆으로 기울인 그의 머리가 보였다. 그사이 날은 훨씬 밝아져 있었다. 길 건너편으로 끝이 보이지 않는 진회색 건물의 일부가 또렷이 보였다. 병원인 그 건물의 앞쪽으로는 툭 튀어나온 창문들이 일정한 간격을 두고 나 있었다. 비는 아직도 내리고 있었다. 하나하나 눈에 보일 정도로 굵어진 빗방울들이 땅바닥에 뚝뚝 떨어져내렸다. 식탁 위에는 아침식사 때 쓴 식기들이 비좁을 정도로 가득 놓여 있었다. 아버지에게는 아침식사가 하루 세끼 중 가장 중요한 식사였기 때문이다. 아버지는 각종 신문들을 읽으며 아침식사를 몇 시간씩이나 끌었다. 바로 맞은편 벽에는 그레고르의 군대 시절 사진이 걸려 있었다. 소위로 복무하던 때의 그 사진 속에서, 군도에 손을 얹은 채 천진하게 미소 짓고 있는 그는 자신의 자세와 제복에 경의를 표해주기를 바라는 듯했다. 현관으로 통하는 문은 열려 있었다. 그리고 현관문도 열려 있었기 때문에 앞마당과 아래로 내려가는 계단의 맨 윗부분이 내다보였다.

"그럼 이제……" 그레고르는 다시 입을 열면서 자신이 냉정을 잃지 않은 유일한 사람이라는 것을 의식하고 있는 듯했다. "곧 옷을 입고 견본품 꾸러미를 챙겨서 출발하도록 하겠습니다. 제가 떠나도록 해주시겠습니까? 그렇게 해주시겠지요? 그런데 지배인님, 보시다시피 저는 고집불통이 아니라 일하기를 좋아하는 사람입니다. 여행이란 고달픈 것이지만 저는 여행하지 않고는 아마 살 수 없을 겁니다. 지배인님, 대체 어디로 가십니까? 회사로 가시나요? 그렇지요? 모든 일을 사실대로 보고하실 겁니까? 지금 당장

은 일할 능력이 없어 보일지 모르지만, 오히려 이런 때야말로 그 사람의 예전의 실적을 떠올려볼 좋은 기회가 아닐까 싶습니다. 나중에는, 그러니까 장애가 제거된 후에는, 틀림없이 그만큼 더 열심히, 훨씬 더 집중해서 일하게 될 테니까요. 제가 사장님께 큰 신세를 지고 있는 몸이라는 것은 지배인님도 잘 알고 계시지요. 그런 한편 저는 부모님과 여동생도 보살펴야 합니다. 예, 저는 지금 곤경에 처해 있습니다. 하지만 곧 거기에서 빠져나올 것입니다. 제 처지를 지금보다 더 어렵게 만들진 말아주세요. 회사에서 제 편이 되어주십시오. 사람들이 출장 영업사원을 좋아하지 않는다는 건 저도 알고 있어요. 떼돈을 벌면서 편하게 살고 있다고들 생각하지요. 그런 편견에 대해서 곰곰이 생각해볼 계기도 딱히 없고요. 하지만 지배인님, 다른 어느 직원들보다 회사 돌아가는 사정을 훤히 내다보고 계시는 분이니 믿고 말씀드리는 겁니다만…… 네, 아마 사장님보다도 사정을 더 잘 알고 계실 겁니다. 사장님이야 회사의 주인이다보니, 냉정을 잃고 직원에게 불리한 판단을 내리기가 쉽지요. 거의 일 년 내내 회사 밖에서 지내는 저희 같은 출장 영업사원들이 험담이나 우연한 일, 근거 없는 비난 등에 얼마나 쉽게 희생될 수 있는지는 지배인님께서도 잘 알고 계실 겁니다. 그런 일들에 맞서 자신을 방어한다는 것이 저희로서는 전혀 불가능한 일입니다. 그 내용을 대개는 전혀 모르고 있다가 지친 몸으로 출장을 마치고 집에 돌아와서야 비로소 좋지 않은 결과만을 피부로 느끼게 되곤 하니까요. 하지만 원인을 모르니 어찌해볼 도리도 없는 노릇이지요. 지배인님, 가시기 전에 제 말이 어느 정도는 일리가 있다고, 한마디라도 해주세요!"

그러나 지배인은 그레고르의 처음 몇 마디 말을 듣자마자 몸을 홱 돌리더니 입술을 삐죽 내밀고는 뒤돌아선 채 움찔거리는 어깨 너머로만 힐끔힐끔 그레고르 쪽을 돌아보았다. 그레고르가 말하는 동안 그는 잠시도 가만히 서 있지 않았고, 그레고르에게서 눈을 떼지 않은 채 슬금슬금 문 쪽으로 다가갔다. 하지만 방을 떠나지 말라는 비밀 금지령이라도 내려진 듯 아주 조금씩, 천천히 움직였다. 그는 어느새 현관에 이르렀는데, 그가 마지막으로 거실에서 발을 뺄 때의 그 동작은 너무도 날쌔서 그가 순간 발바닥을 불에 덴 것이 아닌가 하는 생각이 들 정도였다. 현관을 나서면서 그는 오른손을 계단 쪽으로 쭉 내뻗었다. 마치 그곳에 그야말로 초자연적인 구원의 손길이 그를 기다리고 있기라도 하듯이.

회사에서의 지위가 위태로워지지 않게 하려면 무슨 일이 있어도 지배인을 이대로 가게 해서는 안 된다는 것을 그레고르는 직감적으로 깨달았다. 부모님은 그 모든 사정을 제대로 이해하지 못할 것이다. 긴 세월이 흐르는 동안 그들은 그레고르가 이 회사에 다니는 이상 평생 먹고사는 일은 문제가 없을 것이라는 확신을 갖게 되었던 것이다. 게다가 지금은 코앞에 닥친 걱정거리에 온통 정신을 빼앗겨 앞일을 생각할 만한 조금의 겨를도 없었다. 그러나 그레고르는 그 앞일을 생각하고 있었다. 저 지배인을 붙들어놓고 마음을 가라앉혀 설득시킨 다음 그의 환심을 사야 했다. 그레고르와 가족의 장래는 바로 그에게 달려 있었다! 이 자리에 여동생이 있었으면 좋았을 텐데! 그애는 영리했다. 그레고르가 태연히 등을 대고 누워 있었을 때 여동생은 이미 울고 있었다. 그애라면 분명 여자에게 약한 지배인의 마음을 돌려놓을 수 있었을 텐데. 그애라면 얼른 현관문을 닫고 지배인을 잘 달래서 공포심을 해소시켰을 텐데. 그러나 여동생은 없었다. 어쩔 수 없었다. 그레고르 자신이 행동하는 수밖에. 그리하여 그는, 현재 자신이 어떻게 또 얼마나 움직일 수 있는지 아직 전혀 모르고 있다는 사실도 생각하지 않고, 또한 사람들이 자신의 말을 아마도, 아니 분명히 알아듣지 못했다는 사실도 생각하지 않은 채, 문짝에서 몸을 떼어 거실 안으로 뛰어들었다. 그러곤 곧장 지배인에게로 달려갈 생각이었지만, 지배인은 이미 현관을 나와 그 앞의 난간을 우스꽝스럽게도 두 손으로 꽉 붙잡고 있었다. 방을 나온 그레고르는 뭔가 붙잡을 데를 찾아 허공을 허우적거리다가 작게 악 하는 비명을 지르며 자신의 수많은 다리들을 깔고 엎어졌다. 그런 자세가 되자마자 그는 그날 아침 처음으로 육체적인 편안함을 느꼈다. 작은 다리들은 몸 아래에서 비로소 단단한 기반을 얻게 된 것이다. 기쁘게도 그 다리들은 완전히 그의 마음과 하나가 되어 따라주었다. 그렇게 느껴졌다. 심지어는 그가 가고자 하는 쪽으로 그를 실어나르려고까지 했다. 벌써 그동안의 모든 고통이 사라지고 마침내 건강을 회복하게 될 순간이 코앞으로 다가온 것처럼 생각되었다. 그러나 어머니로부터 그리 멀리 떨어져 있지 않은 곳에 이르렀을 때였다. 움직임에 제동을 거는 바람에 몸이 흔들거리면서 그는 어머니를 정면으로 마주보며 바닥에 엎드리게 되었는데, 바로 그때 완전히 정신을 잃고 주저앉은 듯 보였던 어머니가 별안간 벌떡 일어나더니 손가락을 쫙 편 채 두 팔을 내뻗으며 외쳐대는 것이었다.

"사람 살려, 사람 살려!"

그러고는 그레고르를 더 잘 보려는 듯 잠깐 고개를 숙였다가 이번에는 정반대로 마구 뒷걸음질쳐 달아나기 시작했다. 뒤쪽에 채 치우지 못한 식탁이 있다는 것도 잊고 있었던 그녀는 식탁 곁에 이르자 얼빠진 사람처럼 황급히 그 위에 올라앉았다. 그 바람에 자기 옆에 쓰러진 커다란 포트에서 커피가 양탄자 위로 줄줄 흘러내리고 있다는 것도 전혀 알아채지 못하는 것 같았다.

"어머니, 어머니!"

그레고르는 나지막하게 부르며 그녀 쪽을 올려다보았다. 지배인에 대한 생각은 잠시 까맣게 잊혔다. 반면에 흘러내리는 커피를 보자 받아 마시고 싶은 충동을 못 이기고 그는 턱으로 몇 번이나 허공을 덥석덥석 물어댔다. 그 모습에 놀란 어머니는 다시 한번 소리를 지르며 식탁에서 달아나 그녀를 향해 마주 달려오던 아버지의 품안에 쓰러졌다. 그렇지만 이제 그레고르는 부모에게 신경쓸 겨를이 없었다. 지배인이 벌써 계단을 내려가고 있었기 때문이다. 그는 턱을 난간에 대고 마지막으로 한번 더 뒤를 돌아보았다. 그레고르는 가능한 한 확실히 그를 따라잡기 위해 돌진 자세를 취했지만 지배인도 무슨 예감이 들었는지 한 번에 몇 계단씩 뛰어내려가 이내 사라져버렸다. 그는 채 사라지기 전에 "어휴!" 하고 소리를 질렀는데, 그 소

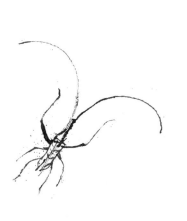

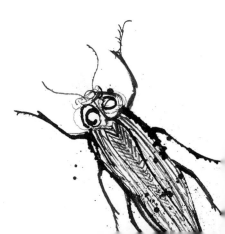

리가 층계참 전체에 울려퍼졌다. 불행히도 지배인의 이 도주 장면은 지금까지 비교적 침착했던 아버지의 마음을 완전히 혼란에 빠뜨린 듯했다. 지배인을 잡으러 직접 뒤쫓아가지는 못한다 하더라도 적어도 그를 뒤쫓는 그레고르를 방해하지나 말았어야 할 텐데, 그러는 대신 아버지는 오른손으로는 지배인이 모자와 외투와 함께 안락의자 위에 두고 간 지팡이를 움켜쥐고 왼손으로는 식탁에 놓인 커다란 신문을 집어들고는, 발을 쿵쿵 굴러대며 손에 든 지팡이와 신문을 마구 흔들어 그레고르를 제 방으로 다시 몰아넣으려 했던 것이다. 그레고르가 아무리 간청해도 소용없었다. 간청하는 그의 말을 알아듣지도 못했다. 그가 그만 단념하고 얌전하게 고개를 돌려도 아버지는 더욱 세차게 발을 굴러댈 뿐이었다. 그 너머에서는 쌀쌀한 날씨인데도 창문을 활짝 열어젖힌 어머니가 창밖으로 몸을 쑥 내밀고는 두 손에 얼굴을 묻고 있었다. 골목길과 계단 사이에서 세찬 바람이 일더니 펄럭펄럭 커튼이 나부꼈다. 식탁 위의 신문들도 부스럭거리다가 한 장 한 장 바닥 위로 흩날렸다. 아버지는 그레고르를 사정없이 몰아대면서 '쉿쉿' 소리를 냈다. 마치 원시인처럼. 그러나 그레고르는 아직 한 번도 뒷걸음질하는 연습을 해보지 않았기 때문에 동작이 매우 느렸다. 몸을 돌릴 수만 있었다면 금방 방으로 돌아갈 수 있었겠지만, 그는 몸을 돌리는 데 시간이 많이 걸려 아버지를 조급하게 할까봐 두려웠고, 또 언제 어느 때 아버지의 손에 들린 지팡이로부터 등이나 머리에 치명적인 타격이 날아올지 몰라 조마조

마했다. 하지만 다른 방도가 없었다. 그는 곧 뒷걸음질할 때는 방향조차 제대로 잡을 수 없다는 것을 깨달았던 것이다. 그는 불안한 시선으로 끊임없이 아버지 쪽을 곁눈질하면서 가능한 한 빨리, 그러나 실제로는 매우 느리게 몸을 돌리기 시작했다. 그사이 아버지는 그에게 적의가 없음을 알아차린 모양인지, 더이상 그를 방해하지 않았다. 오히려 멀찌감치 떨어져서 지팡이 끝으로 그의 회전 동작을 이리저리 지휘하기까지 했다. 듣기 괴로운 아버지의 저 '쉿쉿' 하는 소리만 없었으면! 그 소리에 그레고르는 정신이 쏙 빠지는 듯했다. 이제 겨우 몸이 다 돌아갔나 했는데 그 쉿쉿 소리에 계속 신경을 쓰다 헷갈려서 다시 몸이 약간 옆으로 돌아가버렸다. 그러나 마침내 다행히 머리가 문이 열려 있는 자리 바로 앞까지 닿게 되었을 때, 그대로 통과하기에는 그의 몸이 너무 넓적하다는 사실이 드러났다. 당연히 아버지의 현재 심경으로는 가령 그레고르에게 충분한 통로를 터주기 위해 다른 쪽 문짝을 열어주어야겠다든가 하는 생각을 털끝만큼도 할 수 없었다. 그에게는 오직 그레고르가 가능한 한 빨리 자기 방으로 들어가야 한다는 한 가지 생각뿐이었다. 조금 전 그레고르가 방에서 나올 때처럼 몸을 일으켜세워 움직이는 방법으로라면 문을 통과할 수 있겠지만, 아버지는 그러기 위해 거쳐야 할 번거로운 준비 절차들 또한 결코 봐주지 않을 것이다. 오히려 그는 더욱 특이한 소리를 질러대며 앞에 아무런 장애가 없다는 듯 그레고르를 앞으로 내몰았다. 이제 그레고르의 뒤에서 나는 소리는 더이상 이 세상에 한 분뿐인 아버지의 목소리가 아니었다. 이쯤 되면 정말 장난이 아니었다. 그레고르는 이제 될 대로 되라는 심정으로 문을 밀고 들어갔다. 몸 한쪽이 들리는가 싶더니 몸 전체가 문 입구에 비스듬히 걸쳐졌다. 그러는 사이 한쪽 옆구리에 심하게 상처를 입어 하얀 문에 보기 흉한 얼룩이 남았다. 그는 곧 몸이 꽉 끼어버렸고, 이제 혼자서는 도저히 몸을 움직일 수 없을 것 같았다. 한쪽 다리들은 바르르 떨며 허공에 떠 있었고 다른 쪽 다리들은 고통스럽게 바닥에 짓눌려 있었다. 그때 아버지가 뒤에서 그를 힘껏 걷어차, 그야말로 그를 구원해주었다. 그는 피를 심하게 흘리며 방 안 깊숙이 날아갔다. 아버지는 지팡이로 문을 탕 닫았다. 그리고 마침내는 조용해졌다.

저녁 어스름에야 그레고르는 혼수상태와도 같은 무거운 잠에서 깨어났다. 방해하는 소리가 없었더라도 더 오래 자지는 못했을 것이다. 충분히 쉬었고 실컷 잤다고 느꼈기 때문이다. 아마도 휙 스쳐지나가는 발소리와 현관으로 통하는 문이 조심스레 닫히는 소리가 그를 깨운 듯했다. 가로등 불빛이 방 천장과 가구의 윗부분 여기저기를 창백하게 비추고 있었지만 그레고르가 누워 있는 아래쪽은 캄캄했다. 그는 이제야 비로소 그 가치를 깨닫게 된 더듬이로 아직은 서투르게 더듬으며 바깥에 무슨 일이 일어났는지 살펴보기 위해 문을 향해 천천히 나아갔다. 그의 왼쪽 옆구리는 하나로 길쭉하게 나 있는 상처처럼 여겨졌다. 아직 다 아물지 않아 팽팽하게 당겨지는 느낌이 거슬렸지만, 할 수 없이 두 줄의 다리를 절룩거리며 나아가야 했다. 게다가 다리 하나는 오전의 난리통에 심하게 다쳐서—다리 하나만 다쳤다는 것은 거의 기적이었다—힘없이 질질 끌려갔다.

문가에 이르러서야 그는 자신을 그쪽으로 이끈 것이 무엇인지 깨닫게 되었다. 그것은 바로 음식 냄새였다. 그곳에는 달콤한 우유가 담긴 대접이 놓여 있고, 그 안에는 조그만 빵조각들이 둥둥 떠 있었다. 너무 기쁜 나머지 그는 하마터면 웃음을 터뜨릴 뻔했다. 아침보다 더욱더 허기가 졌던 것이다. 그는 얼른 머리를 우유 속에 처박았다. 거의 눈 위까지 머리가 잠길 정도였다. 하지만 그는 곧 실망해서 머리를 빼냈다. 불편한 왼쪽 옆구리 때문에 먹기가 힘들기도 했지만—온몸을 헐떡거리며 함께 움직여야 겨우 먹을 수가 있었다—우유가 영 맛이 없었기 때문이다. 우유는 그가 평소에 좋아하던 음료라서 틀림없이 여동생이 그를 위해 들여놓은 것일 테지만 거의 역겨운 느낌마저 들었다. 그는 대접에서 몸을 돌려 다시 방 한가운데로 기어돌아왔다.

문틈으로 들여다보니 거실에는 가스등이 켜져 있었다. 여느 때 같으면 이 시간쯤엔 아버지가 석간신문을 어머니에게—때로는 여동생에게도—목청 높여 읽어주곤 했었는데 지금은 아무 소리도 들리지 않았다. 여동생이 그에게 늘 이야기했고 편지에도 써 보냈던 그 신문 낭독이 최근에는 뜸해진 모양이었다. 사방이 모두 고요했지만 집안이 비어 있지 않은 것만은 분명했다. "우리 가족이 이처럼 조용한 생활을 해왔다니!" 혼잣말을 하며 그레고르는 어둠 속을 뚫어지게 바라보았다. 부모님과 여동생에게 이렇게 좋은 집에서 이런 생활을 할 수 있게 해준 사람이 자신이라고 생각하니 커다란 자부심이 느껴졌다. 하지만 이제 이 모든 안락과 행복과 만족이 끔찍스러운 결말을 맞게 된다면 어떡하지? 그런 생각에 빠져들지 않기 위해 그레고르는 차라리 몸을 움직이기로 했다. 그는 방 안을 이리저리 기어다녔다.

긴 저녁시간 동안 한번은 한쪽 옆문이, 또 한번은 다른 쪽 옆문이 빠끔히 열렸다가 재빨리 닫혔다. 누군가 들어오려다가 선뜻 들어오지 못하고 망설이는 모양이었다. 그레고르는 그 주저하는 방문자를 어떻게든 들어오게 하리라, 아니 적어도 그 사람이 누구인지 알아내리라 결심하고 거실로 나가는 문 바로 옆에 가만히 엎드렸다. 그러나 문은 더이상 열리지 않았다. 아무리 기다려도 허사였다. 아침에 문이 잠겨 있을 때는 다들 들어오려고 하더니, 문이 모두 열려 있는 지금은—아침의 소란 때 그가 하나를 열었고, 그후 그가 자는 사이 다른 문들도 누군가 분명 열어두었으나—아무도 그의 방에 들어오려 하지 않았다. 그리고 이젠 열쇠들도 모두 바깥쪽에 꽂혀 있었다.

밤늦게야 거실의 불이 꺼졌다. 부모님과 여동생은 그렇게 늦게까지 잠을 자지 않고 있었던 것임에 분명했다. 세 사람 모두 발끝으로 조심조심 물러가는 소리가 똑똑히 들렸기 때문이다. 이제 분명 아침까지는 아무도 그레고르의 방에 들어오지 않을 것이다. 따라서 그는 이제 자신의 생활을 다시 어떻게 정리해야 할 것인가에 대해 누구의 방해도 받지 않고 조용히 생각해볼 충분한 시간을 갖게 되었다. 그러나 속절없이 바닥에 납작 엎드려 있어야 하는 이 높고 텅 빈 방이 그를 불안하게 했다. 영문을 통 알 수가 없었다. 이 방은 그가 오 년 전부터 살아온 자신의 방이었던 것이다. 여하튼 그는 알 수 없는 가벼운 수치심을 느끼며 반쯤은 무의식적으로 몸을 홱 돌려 소파 밑으로 기어들어갔다. 등이 약간 눌렸고 고개도 쳐들 수 없었지만 금방 마음이 편안해졌다. 몸이 너무 넓적하여 소파 밑으로 완전히 들어갈 수 없다는 것이 유감스러울 뿐이었다.

그는 그 아래에서 밤새도록 머물렀다. 그러는 동안 얕은 잠이 들어 꾸벅꾸벅 졸다가 배가 고파서 몇 번이나 놀라 깨기도 했고, 또 걱정과 막연한 희망 속에 하염없이 생각에 잠기기도 했지만, 그로부터 얻게 된 결론은 우선은 침착하게 처신해야 한다는 점이었다. 그리고 현재 자신의 상태 때문에 어쩔 수 없이 일어나게 될 불쾌한 일들을, 인내심과 최대한의 배려를 통해 가족들이 참아낼 수 있도록 해야 한다고 속으로 굳게 다짐했다.

아직 밤이나 다름없는 이른 새벽이었지만 방금 한 결심의 효력을 시험해볼 기회가 찾아왔다. 거실로부터 여동생이 옷을 거의 다 차려입은 채로 다가와 문을 열고는 숨을 죽이고 가만히 들여다본 것이다. 그녀는 그를 금방 찾아내지는 못했지만 그가 소파 밑에 있는 것을 알아차렸을 때는—나 참,

분명 어딘가에 있을 텐데. 그냥 날아가버렸을 리는 없을 테고—너무나 놀란 나머지 자제심을 잃고 문을 다시 쾅 닫아버렸다. 그러나 그녀는 곧 자신의 그런 행동을 후회했는지 금방 다시 문을 열고는 마치 중환자나 낯선 사람 곁으로 다가오기라도 하듯 살금살금 발끝으로 걸어들어왔다. 그레고르는 소파의 가장자리까지 머리를 내밀고 그녀를 지켜보았다. 그가 우유를 먹지 않고 그대로 남겨놓은 것을 그녀가 알아차릴까? 그것이 결코 배가 고프지 않아서가 아니라는 것도? 그의 입맛에 더 잘 맞는 다른 음식을 가져다줄까? 만약 그녀가 스스로 깨닫고 알아서 그렇게 해주지 않는다면, 그녀에게 그것을 깨닫게 하느니 차라리 굶어 죽고 싶었다. 그러나 실은 소파 밑에서 당장 뛰쳐나가 여동생의 발치에 몸을 던져 먹기에 좋은 음식 좀 갖다달라고 간청하고 싶은 마음이 굴뚝 같았다. 바로 그때 여동생은 우유가 주변에 약간 흘러 있을 뿐 여전히 대접에 가득차 있는 것을 보더니 의아해하면서도 이내 그 대접을 집어들고는—맨손이 아니라 걸레로 싸서—밖으로 가지고 나가는 것이었다. 그레고르는 그녀가 대신에 무엇을 가져올지 몹시 궁금했다. 그에 대해 별별 생각을 다 해보았지만 마음씨 착한 여동생이 실제로 무엇을 갖다줄지 알아맞힐 수는 없었다. 그의 입맛을 시험해보기 위해 여러 가지 음식을 가져온 여동생은 그것들을 낡은 신문지 위에 펼쳐놓았다. 반쯤 썩은 오래된 야채에, 저녁식사 때 먹다 남은 뼈다귀도 있었는데 거기엔 굳어버린 흰 소스가 엉겨붙어 있었다. 건포도와 아몬드 몇 알, 이틀

전에 그레고르가 먹을 수 없게 되었다고 말했던 치즈 조각, 아무것도 바르지 않은 빵, 버터 바른 빵, 버터를 바르고 소금을 뿌린 빵도 있었다. 이 모든 것들 옆에다가는 또 그레고르의 전용 그릇으로 정한 듯한 대접도 놓아두었는데, 그 안에는 그녀가 미리 부어놓은 물이 들어 있었다. 사려 깊은 여동생은 자기 앞에서는 그레고르가 먹지 않으리라는 것을 알고 급히 방에서 나가주었다. 그러고는 그레고르가 마음 편히 실컷 먹어도 된다는 것을 알아차릴 수 있도록 열쇠를 돌려 문까지 잠가주었다. 이제 먹으러 간다는 생각에 그레고르의 다리들은 날아갈 듯 부르르 떨었다. 어느새 상처도 다 나았는지 더이상 아무런 장애도 느낄 수 없었다. 그는 무척 놀랐다. 한 달도 더 전에 칼에 살짝 베인 손가락이 그저께까지만 해도 제법 아팠던 일이 생각났다. '이젠 내 감각이 둔해진 걸까?' 그런 생각을 하며 그는 어느 틈에 걸신들린 듯 치즈를 먹어치웠다. 치즈는 다른 어떤 음식들보다 먼저 즉각적으로 그의 마음을 강하게 사로잡았다. 그는 너무도 만족스러워 두 눈에 눈물까지 글썽이며 치즈와 야채와 소스를 허겁지겁 차례대로 먹어치웠다. 신선한 음식들은 오히려 맛이 없었다. 그 냄새조차 참을 수가 없어 그는 먹고 싶은 것들만 한쪽으로 끌어다놓기까지 했다. 이제 일찌감치 음식들을 다 먹어치우고 그 자리에 그대로 늘어져 엎드려 있는데 물러나라는 신호인 듯 여동생이 천천히 열쇠를 돌렸다. 스르르 잠이 들 뻔했다가 소스라치게 놀란 그는 다시 소파 밑으로 부랴부랴 기어들어갔다. 여동생이 방 안에 머문 시간은 잠깐이었지만 소파 밑에 들어가 있는 일은 상당한 극기의 노력을 필요로 하는 것이었다. 푸짐한 식사로 몸이 약간 둥그렇게 되는 바람에 그 비좁은 곳에서 숨을 제대로 쉴 수가 없었기 때문이다. 숨이 막혀 가벼운 발작 증세를 겪으며 그는 약간 튀어나온 눈으로 그런 사정을 전혀 모르는 여동생의 거동을 지켜보았다. 그녀는 음식 찌꺼기뿐만 아니라 그레고르가 전혀 입도 안 댄 음식까지도 이젠 더이상 먹을 수 없게 됐다는 듯 모두 빗자루로 쓸어모아 급히 통 속에 붓고는 나무 뚜껑을 덮어 밖으로 가지고 나갔다. 그녀가 등을 돌리자마자 그레고르는 소파 밑에서 기어나와 오그렸던 몸을 쭉 펴서 부풀렸다.

이제 그레고르는 매일 이런 식으로 식사를 받아먹었다. 하루 두 번, 부모님과 하녀가 아직 잠들어 있는 아침시간과 모두가 점심식사를 하고 난 후였다. 점심을 먹고 나면 부모님은 잠시 낮잠을 잤고 하녀는 여동생이 이런저런 심부름을 시켜 내보냈던 것이다. 그들도 분명 그레고르가 굶어 죽는 것은 원치 않았겠지만, 그의 식사에 대해서 여동생이 들려주는 것 이상은 알고 싶어하지 않았던 것 같다. 여동생 또한 부모님에게 아무리 작은 것이라도 슬퍼할 만한 일은 가급적 겪지 않게 해드리고자 했을 것이다. 그러지 않아도 그들은 이미 충분한 고통을 겪고 있었으므로.

그날 오전에 어떤 핑계를 대서 의사와 열쇠공을 다시 돌려보냈는지 그레고르는 통 알 수 없었다. 아무도 그의 말을 알아듣지 못했기 때문에, 여동생을 포함해서 그 누구도 그가 남의 말을 알아들을 수 있을 거라고는 생각하지 못했던 것이다. 여동생이 방에 들어와 있을 때에도 그가 들을 수 있는 말이란, 그녀의 한숨 소리와 성자들의 이름을 부르는 낮은 탄식 소리가 전부였다. 여동생이 이 모든 일에 어느 정도 익숙해지고 난 뒤에야 비로소—물론 완전히 익숙해진다는 것은 있을 수 없는 일이었지만—그레고르는 짤막하지만 친절한 뜻으로 하는 혹은 그렇게 해석될 수 있는 말을 이따금 들을 수 있었다. 그레고르가 왕성한 식욕으로 그릇을 깨끗이 비우고 난 뒤면 그녀는 말했다. "오늘은 맛이 있었나봐." 하지만 반대의 경우에는 거의 슬픈 어조로 말하곤 했다. "저런, 또 그대로 남겼네." 후자의 경우가 점점 더 빈번하게 되풀이되었다.

새로운 소식을 직접 들을 수는 없었지만 양쪽 옆방에서 들려오는 이런저런 이야기를 적지 않게 엿들을 수 있었다. 일단 말소리가 들리기만 하면 그는 곧장 소리가 나는 문 쪽으로 달려가서 온몸을 그 문에 바짝 갖다댔다. 특히 처음 얼마간은 어떤 식으로든—은밀하게라도—그와 관계되지 않은 대화는 없었다. 처음 이틀 동안은 식사 때마다 이제부터 어떻게 행동해야 좋을지에 대해 상의하는 이야기를 들을 수 있었다. 식사시간이 아닌 때에도 그들은 같은 주제에 대해 이야기를 나누었다. 아무도 혼자 집에 남아 있으려고 하지 않았고, 그렇다고 집을 비워둔 채 모두 나갈 수도 없었기에 가족 중 두 사람은 언제나 집에 남아 있었다. 하녀는 바로 그 첫날—그녀가 이 일에 대해 무엇을 얼마나 알고 있는지는 분명치 않았으나―자기를 당장 해고시켜달라며 어머니에게 무릎 꿇고 애원했다. 그리고 십오 분 후 작별 인사를 하면서 그녀는 자신을 해고시켜준 일이 이 집에서 자신에게 베풀어준 최대의 은혜인 양 눈물을 흘리며 감사했고, 누가 요구한 것도 아닌데 자진해서 이 일에 관해 아무리 사소한 내용이라도 절대 발설하지 않겠노라 엄숙히 맹세했다.

이제는 여동생이 어머니와 함께 요리도 해야 했다. 하지만 식구들 모두 거의 먹지를 않았기 때문에 별로 힘든 일은 아니었다. 그레고르는 그들이 서로 공연히 음식을 권하는 소리, 또 서로 "됐어, 많이 먹었어"라든가 그와 비슷한 대답만 주고받는 소리를 몇 번이나 들었다. 무엇을 마시지도 않는 것 같았다. 가끔씩 여동생이 아버지에게 맥주를 드시지 않겠느냐고 묻고는 드시겠다면 자기가 직접 사오겠다고 기꺼이 자청하고 나섰지만, 아버지는 묵묵부답이었다. 그러자 그녀는 부담스러우시면 건물 관리인 아줌마를 시켜 사오게 할 수도 있다고 했지만 아버지는 결국 큰 소리로 딱 한마디의 말만 던질 뿐이었다. "됐다!" 그러곤 그것으로 끝이었다.

그 일이 있은 그날이 다 가기도 전에 아버지는 집안의 전반적인 재정 형편과 앞으로의 전망을 어머니와 여동생에게 설명해주었다. 이따금 그는 식탁에서 일어나 오 년 전 사업이 망했을 때 건져낸 조그만 비밀금고에서 무슨 증서나 장부 같은 것을 꺼내왔다. 그가 복잡하게 생긴 자물쇠를 열고 찾으려던 물건을 꺼낸 뒤 다시 잠그는 소리가 들렸다. 아버지가 설명한 이야기 중 일부는 그레고르가 방에 갇히고 난 이후 듣게 된 최초의 기쁜 소식이었다. 그는 아버지가 그 사업에서 한푼도 건지지 못했다고 생각했었다. 적어도 아버지는 그에게 그렇지 않다고 말한 적이 없었고 그레고르 역시 그에 대해 물어본 적이 없었다. 당시 그레고르의 유일한 관심사는, 온 가족을 완전한 절망 속에 빠뜨린 그 불행을 식구들이 가능한 한 빨리 잊어버릴 수 있도록 있는 힘을 다 하는 것이었다. 그래서 그는 다른 동료들보다 몇 배의 열성을 가지고 일을 시작하여 그야말로 하룻밤 사이에 말단 직원에서 출장 영업사원으로 승진했다. 출장 영업사원에게는 물론 전혀 다른 돈벌이의 수단이 주어졌는데, 일에 성공하기만 하면 그 즉시 커미션의 형태로 현금이 수중에 들어왔던 것이다. 집에 돌아와 그 돈을 식탁 위에 올려놓으면 식구들은 모두 행복해서 입이 벌어졌다. 정말 좋은 시절이었다. 나중에 그레고르는 온 가족의 생활비를 감당할 수 있을 정도로—실제로도 그렇게 했다—많은 돈을 벌었지만 그후로 그런 시절은 다시는 오지 않았다. 적어도 그렇게 눈부신 모습으로는. 식구들이나 그레고르나 다들 익숙해져서 이젠 당연한 일처럼 되어버린 것이다. 식구들은 그레고르가 벌어다준 돈을 감사하게 받았고 그는 그 돈을 기꺼이 내놓았지만 애틋한 정 같은 것은 이제 더이상 오가지 않았다. 오로지 여동생만이 그래도 그레고르와 가깝게 지냈다. 자신과는 달리 음악을 아주 좋아하고 바이올린을 멋지게 연주할 줄 아

는 그녀를 내년쯤 음악원에 보내는 것이 그의 은밀한 계획이었다. 그러려면 큰돈이 들겠지만 비용 따위는 문제가 아니었다. 분명 그 뒤를 댈 무슨 방법이 있을 거라고 생각했다. 그레고르가 잠시 집에 와 있을 때면 가끔 여동생과의 대화중에 음악원 이야기가 나오기는 했지만, 그것은 늘 이루어질 수 없는 아름다운 꿈으로만 여겨졌고 부모님은 그런 철없는 이야기 따위는 아예 들으려고도 하지 않았다. 그러나 그레고르는 그 일에 대해 확고한 생각을 가지고 있었고, 그러한 자신의 계획을 성탄절 저녁에 엄숙히 발표할 작정이었다.

문에 똑바로 붙어 서서 바깥에서 들려오는 이야기들을 엿듣고 있는 동안, 지금의 처지로는 전혀 쓸데없는 그런 생각들이 그의 머릿속을 스쳐지나갔다. 때때로 온몸에 피로가 몰려와 더이상 엿듣고 있기가 힘겨워져 저도 모르게 머리를 문에 부딪혔지만, 얼른 다시 머리를 똑바로 들었다. 그때 생긴 크지도 않은 그 소리가 옆방까지 들려 모두의 입을 다물게 했기 때문이다. 잠시 후 "또 뭘 하는 모양이군" 하고 아버지는 뚜렷이 문 쪽을 향해 말했고, 그제서야 중단되었던 대화가 서서히 다시 시작되었다.

그레고르는 이제 충분히 알게 되었다. 아버지는 몇 번이고 설명을 되풀이하곤 했기 때문이다. 그것은 한편으론 그 자신이 그런 이야기를 해본 지가 이미 오래되기도 했고 또 한편으론 어머니가 무슨 말이든 한 번에 알아듣지 못했던 탓이기도 했다. 아무튼 그간의 온갖 불행에도 불구하고 예전의 재산

중 일부가 아주 적긴 하지만 아직 남아 있었고, 그동안 이자도 꾸준히 붙었으나 손도 안 댔기 때문에 재산이 얼마간 불어나게 되었다는 것이었다. 게다가 그레고르가 다달이 집으로 가져온 돈도—그 자신의 용돈은 몇 굴덴* 밖에 안 되었다—다 써버리지 않고 조금씩 모아두어서 이제는 그 액수가 꽤된다는 것이다. 문 뒤에서 그레고르는 열심히 고개를 끄덕이며 뜻밖의 이 신중한 자세와 절약정신에 대해 기뻐했다. 그 정도의 돈이면 사장에게 진 아버지의 빚을 더 많이 갚을 수 있었을 테고, 그렇게 되었다면 그가 직장을 그만둘 수 있는 날도 훨씬 빨리 왔을 테지만, 지금으로서는 말할 나위도 없이 아버지의 처사가 훨씬 더 훌륭했다.

하지만 그 돈은 가령 그 이자로 가족이 먹고산다든가 하기에는 결코 충분한 액수가 아니었다. 아마도 일 년, 잘해야 이 년 정도 가족 모두의 생계를 유지할 만큼은 되겠지만 그 이상은 아니었다. 그러니까 그것은 사실 손을 대서는 안 되는 돈, 만일의 경우를 위해 남겨두어야 할 비상금일 뿐이었다. 먹고살기 위해선 꼬박꼬박 돈을 벌어야 했다. 하지만 건강에는 문제가 없다고는 하나 이미 나이 많은 노인이 된 아버지는 벌써 오 년째 아무 일도 하지 않고 있었고, 매사에 별로 자신감이 없었다. 게다가 죽어라 고생만 하고 아무 보람도 없었던 그의 실패한 인생에서 첫 휴가가 된 이 오 년 동안

----

* 14~19세기의 독일 금화.

그는 살이 많이 쪄서 거동까지 매우 둔해진 상태였다. 그렇다면 늙은 어머니가 돈을 벌러 나서야 한단 말인가? 천식을 앓고 있는 어머니는 집안을 돌아다니는 것만으로도 몹시 힘들어했다. 이틀에 한 번꼴로는 호흡장애를 일으켜 종일 창문을 열어둔 채 소파에 누워 지내는 신세였다. 그렇다면 여동생이 돈을 벌어와야 한다는 얘긴데, 나이 열일곱에 아직 어린애나 다름없으니, 지금까지 해온 그녀의 생활방식이라고 하면 옷이나 좀 깔끔하게 입고, 실컷 잠이나 자고, 집안일 좀 거들고, 소박한 무도회에 몇 번 참석하고, 무엇보다 바이올린이나 켜는 것이 전부였다. 옆방에서 돈벌이의 필요성에 관한 이야기가 나올 때마다 그레고르는 문에서 떨어져나와 그 옆에 놓인 서늘한 가죽소파 위로 몸을 던졌다. 너무나 부끄럽고 서글픈 나머지 온몸이 후끈 달아올랐던 것이다.

종종 그는 긴 밤이 새도록 거기에 누워 한숨도 자지 않고 몇 시간 동안 가죽만 긁어댔다. 아니면 엄청난 수고를 감수하고 안락의자 하나를 창가로 밀고 가서는 창턱에 기어올라 몸을 의자에 지탱한 채 창문에 기댔다. 그것은 분명 예전에 창밖을 내다보며 느꼈던 해방감에 대한 어렴풋한 기억 때문이었을 것이다. 언제부터인가 얼마 안 떨어진 거리의 사물들마저 점점 더 희미해지고 있었다. 전에는 너무나 자주 보아 지긋지긋하기만 했던 맞은편의 병원 건물도 이제는 전혀 보이지 않게 된 것이다. 한적하긴 하지만 어디까지나 도시의 거리인 이 샤를로텐가에 살고 있다는 사실을 확실히 알

고 있지 않았더라면, 그는 어쩌면 자신이 창밖으로 내다보고 있는 이 풍경이 회색 하늘과 회색 대지가 하나로 합쳐져 그 경계를 분간할 수 없는 어느 황야의 풍경이라고 생각했을지도 몰랐다. 주의깊은 여동생은 안락의자가 창가에 놓여 있는 것을 단 두 번 보았을 뿐인데도 그후론 방을 치우고 나면 꼭 그 의자를 정확히 그 자리에 다시 밀어다놓았다. 그리고 이제부터는 창의 안쪽 덧문까지도 열어놓았다.

만약 그레고르가 말을 할 수 있었다면, 또 여동생이 그를 위해 해야 했던 모든 일에 대해 그녀에게 고마움의 뜻을 표할 수만 있었다면, 그는 그녀의 봉사를 보다 가벼운 마음으로 받아들였을 터이다. 그러나 그럴 수가 없어서 그는 괴로웠다. 반면 여동생은 곤혹스러운 이 모든 상황을 가능한 한 지워버리고자 애썼으며, 당연한 일이지만 시간이 지날수록 그만큼 더 수월하게 일을 해냈다. 그레고르 또한 시간이 지남에 따라 모든 일을 훨씬 더 정확하게 파악할 수 있었다. 여동생이 들어오는 기척만 있어도 그는 가슴이 철렁 내려앉았다. 그전 같으면 그레고르의 방을 아무도 들여다보지 못하게 무척 신경을 쓰던 그녀였지만, 이제는 달랐다. 방에 들어서기가 무섭게 방문을 닫을 겨를도 없이 곧장 창가로 달려가 마치 질식해 죽을 것 같다는 듯 두 손으로 황급히 창문을 획 열어젖히고는 잠시 창가에 서서 심호흡을 하는 것이었다. 아무리 추운 날이라 해도 마찬가지였다. 그녀는 하루에 두 번씩 그렇게 소란을 피우며 달려들어와 그레고르를 놀라게 했다. 그러는 동

안 내내 그는 소파 밑에서 떨어야 했지만, 그녀가 창문을 닫고도 그레고르와 함께 방 안에 있을 수 있었다면 분명 그런 일로 자신을 괴롭히지 않았을 거라는 것 역시 잘 알고 있었다.

그레고르가 변신한 지 이미 한 달쯤 지난 어느 날—이젠 여동생이 그레고르의 모습을 보고서 놀랄 이유는 특별히 없었다—그녀는 다른 때보다 조금 일찍 오는 바람에 그레고르가 창밖을 내다보고 있는 현장을 목격하게 되었다. 꼼짝 않고 창가에 서 있는 그의 모습은 보는 사람을 놀라게 하기에 딱 알맞았다. 그가 그렇게 창가에 서 있음으로써 그녀가 즉시 창문을 여는 데 방해가 되었기 때문에, 그녀가 방 안으로 들어오지 않았다 해도 그로서는 그다지 뜻밖의 일은 아니었을 것이다. 하지만 그녀는 단지 들어오지 않은 것만이 아니라 기겁을 하고 놀라 뒤로 물러서면서 문을 쾅 닫아버렸다. 모르는 사람이라면 그레고르가 몰래 숨어서 기다리고 있다가 그녀를 물어버리려 했다고 생각할 수도 있었을 것이다. 물론 그레고르는 후닥닥 소파 밑으로 몸을 숨겼다. 그날 그는 점심때까지 기다려서야 여동생이 다시 오는 것을 볼 수 있었는데, 그녀는 보통 때보다 훨씬 더 불안해 보였다. 그런 그녀의 태도에서 그는 자신의 모습을 보는 것이 그녀에겐 여전히 참을 수 없는 일이고, 앞으로도 분명히 그럴 것이며, 아무리 작은 부분이라 해도 소파 밑에 비죽 튀어나와 있는 자기 몸의 일부를 보고도 놀라 도망치지 않기 위해서는 그녀가 아마도 이를 악물고 참고 있어야 하리라는 것을 깨달았다. 그래서 그녀에게 조금이라도 자신의 모습을 보이지 않기 위해, 어느 날 그는 침대 시트를 등에 실어 소파 위로 날라다놓은 다음, 그 속에 자신의 몸이 완전히 가려져 여동생이 허리를 굽혀도 잘 보이지 않도록 해놓았다. 이 일을 하는 데 네 시간이나 걸렸다. 만일 이 시트가 필요없다고 여겨졌다면, 그녀는 그것을 걷어치울 수 있었을 것이다. 몸을 그렇게 완전히 감추고 있는 것이 그레고르에게 즐거운 일이 될 수 없다는 것은 너무나 분명했기 때문이다. 그러나 그녀는 시트를 그가 해놓은 그대로 두었다. 그리고 여동생이 이 새로운 조치를 어떻게 받아들이는지 살펴보기 위해 머리로 조심스럽게 시트를 살짝 쳐들어본 순간, 그레고르는 그녀가 고마움의 눈빛으로 자신을 힐끗 쳐다본 것처럼 느껴지기까지 했다.

처음 이 주일 동안 부모님은 그의 방에 들어와볼 엄두도 내지 못했다. 하지만 여동생이 그를 위해 하고 있는 일들에 대해선 전적으로 인정해주었다. 그런 말을 그는 종종 들을 수 있었다. 얼마 전까지만 해도 그녀는 집안에서 쓸모없는 계집아이였기 때문에 부모님은 걸핏하면 그녀에게 화를 내기 일쑤였다. 그러나 이제는 달랐다. 여동생이 그레고르의 방을 치우는 동안 아버지와 어머니는 둘이 함께 방문 앞에서 기다리고 있을 때가 많았다. 그래서 그녀는 방 안에서 나오자마자 방 안 꼴이 어떠한지, 그레고르가 무엇을 먹었는지, 이번에는 그가 어떻게 행동했는지, 혹시 어떤 회복의 기미라도 보이는지 등을 세세히 이야기해야 했다. 어머니는 가능한 한 빨리 그레고르를 만나보고 싶어했으나, 아버지와 여동생이 처음에는 몇 가지 타당한 이유를 들어 그녀를 만류했다. 그레고르는 그 이유들을 매우 주의깊게 들었고, 전적으로 수긍할 만한 것들이라고 생각했다. 하지만 나중에는 어머니를 완력으로 저지해야 했다. "그레고르에게 가게 해줘요. 불쌍한 내 아들! 도대체 내가 그애한테 가야 한다는 걸 왜 이해 못하는 거예요!" 어머니의 이런 절규를 듣자 그레고르는 어머니가, 물론 매일은 안 되겠지만 일주일에 한 번쯤은 들어오는 편이 그래도 좋을 것 같다고 생각했다. 뭐니뭐니해도 어머니가 여동생보다는 모든 일을 훨씬 더 잘 이해할 것이다. 여동생은 그 용기가 가상하긴 해도 아직 어린애일 뿐이었다. 이런 막중한 임무도 따지고 보면 그저 어린애다운 경솔한 마음에서 떠맡게 되었을 것이다.

어머니를 보고 싶은 그레고르의 소망은 곧 실현되었다. 이제 낮에는 부모님을 생각해서 창가엔 얼씬도 하지 않았다. 하지만 몇 제곱미터밖에 안되는 방바닥 위를 하염없이 기어다니기만 할 수도 없었다. 가만히 엎드려 있는 일은 이미 밤시간 동안에도 견뎌내기 어려웠고, 먹는 일도 얼마 안 있어 금방 싫증이 나 아무런 즐거움이 되지 못했다. 그래서 그는 심심풀이로 벽과 천장을 사방으로 기어다니는 습관을 얻게 되었다. 그는 특히 천장에 매달려 있는 것이 좋았다. 방바닥 위에 엎드려 있는 것과는 전혀 달랐다. 숨쉬기가 훨씬 자유로웠고 가벼운 떨림이 몸 전체로 퍼져나갔다. 때로는 그 위에 매달려 거의 행복감에 가까운 방심상태에 빠져 있다가 저도 모르게 그만 발을 떼는 바람에 방바닥 위로 털썩 떨어져 그 자신도 깜짝 놀라는 일도 있었다. 그러나 그는 이제 당연히 전과는 전혀 다르게 몸을 자유자재로 놀릴 수 있었기 때문에 그렇게 높은 데서 떨어져도 다치지를 않았다. 여동생은 그레고르가 스스로 발견해낸 이 새로운 취미를 금방 알아차리고—그는 기어다니면서 곳곳에 끈끈한 점액 자국을 남겼던 것이다—그레고르가 최대한 넓은 공간에서 기어다닐 수 있도록 방해가 되는 가구들, 무엇보다도 서랍장과 책상을 치워주려고 마음먹었다. 하지만 혼자서는 할 수가 없었다. 아버지한테는 감히 도와달라는 말을 꺼낼 수 없었고 하녀도 도와주지 않을 것이 분명했다. 열여섯 살쯤 되는 이 하녀는 전의 식모가 그만둔 후로 신통하게 잘 버티어왔으나 부엌은 항상 잠가두고 특별한 용무로 부를 때에만 문을 열겠다고 미리 허락을 구해두었기 때문이다. 다른 도리가 없었다. 아버지가 집에 없을 때 어머니에게 도움을 청하는 수밖에. 예상대로 어머니는 기쁨에 들뜬 환성을 지르며 여동생의 뜻에 따랐지만 막상 그레고르의 방문 앞에 서자 입을 딱 다물었다. 물론 여동생은 먼저 방 안에 아무 이상이 없는지 살펴보았고, 그런 다음에야 어머니를 들어가게 했다. 그레고르가 후닥닥 뒤집어쓴 시트에는 더 깊고 더 많은 주름이 생겼다. 그 모습은 정말이지 우연히 소파 위에 던져진 침대 시트처럼 보였다. 이번에는 그레고르도 시트 밑에서 살짝 엿보는 일을 그만두었다. 어머니를 보고 싶었으나 이번에는 참기로 했다. 어머니가 온 것만으로도 그저 기쁠 따름이었다.

"어서 들어와요. 오빠는 안 보여요."

여동생은 그렇게 말하며 어머니의 손을 잡고 방 안으로 인도하고 있는 것이 분명했다. 이제는 연약한 두 여자가 그 무거운 낡은 장을 조금씩 밀어 옮기는 소리가 들렸다. 너무 무리할까봐 염려하는 어머니의 주의도 듣지 않고 여동생은 일의 대부분을 혼자 떠맡아 하고 있는 것 같았다. 시간이 매우 오래 걸렸다. 그렇게 십오 분쯤 지났을까, 어머니는 장을 그대로 놔두는 것이 좋겠다고 말했다. 첫째, 장이 너무 무거워 아버지가 돌아오기 전에 일을 다 끝내지 못할 것이며 그래서 이 장을 방 한가운데에 놓아두게 된다면 그레고르가 다니는 모든 길을 가로막게 된다는 것이었다. 둘째, 가구들을 치운다고 해서 그레고르가 과연 좋아할지 어떨지도 모르겠다는 것이었다. 오히려 그 반대일 것 같다고 했다. 텅 빈 벽을 바라보니 그야말로 가슴이 미어지는데, 그레고르라고 왜 그렇지 않겠느냐는 것이다. 더구나 그는 이 가구들에 오랫동안 정이 들어 방 안이 텅 비게 되면 자신이 버림받은 듯 느껴질지도 모른다고 했다.

"그리고 그렇게 되면……"

어머니는 아주 낮은 목소리로 말을 이어나갔다. 그레고르가 정확히 어디에 숨어 있는지는 몰랐으나, 그가 말을 알아듣지 못한다고 확신하고 있는 어머니는 마치 그에게 목소리의 울림조차 들리지 않게 하려는 듯 가만히 속삭였다.

"가구를 모두 치워버리면, 그애의 병세가 나아지리라는 희망을 모두 포기하고 매정하게 그앨 혼자 내버려두려는 것처럼 보이지 않겠니? 방은 예전 그대로 놓아두는 게 좋겠어. 그러면 그레고르가 다시 우리에게 돌아왔을 때 그앤 모든 게 전과 달라진 게 없음을 확인하게 될 테고, 그럼 그동안의 일을 그만큼 더 쉽게 잊을 수 있을 거야."

어머니의 말을 들으면서 그레고르는 자신의 머리가 어떻게 된 건 아닌가 싶었다. 이 두 달 동안 식구들에게 둘러싸여 매일 똑같은 생활만 되풀이할 뿐, 사람들과 통 대화를 나누지 못하는 바람에 머리가 완전히 뒤죽박죽이 되어버린 것 같았다. 그렇지 않고서야 어떻게 자신의 방이 텅 비어버리기를 진심으로 바랄 수 있었는지 도저히 설명할 수가 없었기 때문이다. 물려받은 가구들로 꾸며진 아늑하고 따뜻한 방을, 그는 정말 텅 빈 썰렁한 동굴로 바꾸어버리고 싶었던 걸까? 텅 빈 방 안에서 그는 물론 사방으로 자유롭게 기어다닐 수는 있겠지만, 그럴 경우 혹 인간으로서의 과거를 완전히 잊어버리게 되는 것은 아닐까? 아니, 그는 이미 잊고 있었다. 거의 잊고 있다가 오랜만에 듣게 된 어머니의 목소리에 정신이 번쩍 든 것이다. 아무것도 치워서는 안 된다. 모든 것이 제자리에 그대로 있어야 한다. 가구들은 분명 그에게 좋은 영향을 미칠 것이다. 그것을 놓칠 수는 없다. 가구들이 무의미하게 기어다니는 그의 길을 방해한다면 그것 역시 그에게는 해가 아니라 큰 득이 될 것이다.

하지만 여동생은 생각이 달랐다. 어느새 그녀는 부모에게 맞서서 그레고르에 관해서라면 어떤 문제든지 정통한 사람처럼 행세하는 버릇이 생겼고, 사실 그럴 만도 했다. 지금도 마찬가지였다. 어머니의 충고는 도리어 여동생으로 하여금 처음에 치우려고 마음먹었던 서랍장과 책상뿐만 아니라 꼭 있어야 할 소파를 제외하고는 모든 가구를 치워버려야겠다고 고집을 부리게 만드는 좋은 빌미가 되었다. 그녀의 그런 주장은 물론 어린애 같은 반항심이나 최근에 뜻밖에―그리고 어렵게―얻게 된 자신감 때문만은 아니었다. 그녀는 그레고르가 기어다니는 데는 가능한 한 넓은 공간이 필요할 뿐―누가 보아도 알 수 있듯이―가구들은 전혀 도움이 안 된다는 것을 직접 눈으로 보아왔던 것이다. 게다가 수시로 무언가에 푹 빠져들곤 하는 그 나이 또래 소녀들의 열광적 성향도 함께 작용했을 것이다. 그러한 성향이 다분한 여동생 그레테는 그레고르의 상황을 더욱더 처참하게 만든 후 그를 위해 지금까지보다 더 많은 일을 하고 싶었는지도 모른다. 텅 빈 방 안에 그레고르만 덜렁 혼자 남아 기어다니고 있다면 그레테 외에는 누구도 감히 방 안에 들어갈 엄두를 내지 못할 테니까 말이다.

어머니가 그렇게 말렸지만 여동생은 결심을 굽히지 않았다. 어머니는 가구가 놓여 있는 지금의 방에서도 불안을 감추지 못하고 안절부절못했지만, 곧 입을 다물고는 여동생을 도와 장을 밖으로 내가는 일에 온 힘을 다했다. 이제 그레고르로서는 어쩔 수 없는 경우 서랍장은 없어도 지낼 수 있었지만 책상만은 꼭 있어야 했다. 두 여자가 낑낑대며 장을 밖으로 내가자마자 그레고르는 어떻게 하면 자신이 이 일에 개입할 수 있을지 살펴보기 위해 소파 바깥쪽으로 머리를 내밀었다. 신중하고도 가능한 한 조심스럽게 처리해야 했다. 그러나 불행히도 방으로 먼저 돌아온 사람은 하필이면 어머니였다. 그동안 그레테는 옆방에서 장을 부둥켜안고 혼자서 이리저리 움직여 보려고 끙끙대고 있었다. 물론 장은 꼼짝도 하지 않았다. 그레고르의 모습에 익숙지 않은 어머니가 그를 보게 되면 어쩌면 충격으로 몸져누울지도 모르는 일이었다. 그레고르는 깜짝 놀라 급히 뒷걸음질쳐 소파의 반대쪽 끝까지 기어들었다. 그 바람에 시트 앞쪽이 약간 움직여졌지만 어쩔 수 없는 노릇이었다. 그것만으로도 어머니의 주의를 끌기에는 충분했다. 어머니는 순간 멈칫하고는 가만히 서 있다가 곧장 그레테에게로 돌아갔다.

그레고르는 무슨 특별한 일이 벌어지는 것이 아니라, 그저 가구가 몇 점 옮겨지는 것뿐이라고 몇 번이나 자신을 달래며 중얼거렸지만, 그가 곧 인정하지 않을 수 없었듯이, 두 여자가 왔다갔다하는 소리, 낮은 목소리로 서로를 부르는 소리, 가구들이 바닥에 긁히는 소리 등이 한데 어우러져 마치 어떤 커다란 소동이 사방에서 자신을 향해 달려드는 듯한 느낌이었다. 머리와 다리를 최대한 움츠리고 바닥에 바싹 몸을 붙여보았지만, 그가 이 모든 상황을 오래 견디지는 못할 거라는 것을 스스로에게 고백하지 않을 수

가 없었다. 어머니와 여동생은 그를 위해 방을 완전히 비우려 하고 있었고, 그가 아끼는 모든 것을 빼앗아가고 있었다. 실톱이며 다른 공구들이 들어 있는 서랍장은 이미 밖으로 내간 뒤였고, 이제 방바닥에 단단히 박혀 있는 책상마저 들어내려는 참이었다. 상업학교와 중학교 때는 물론이고 더 거슬러올라가 초등학교 때에도 앞에 앉아 숙제를 했던 책상이었다. 이제 더이상 두 여자의 선한 의도를 헤아려볼 여유가 없었다. 게다가 그는 어느 사이 두 사람의 존재를 거의 잊고 있었다. 이미 지칠 대로 지친 그들은 아무 말 없이 그저 일에만 열중하고 있었기 때문이다. 간혹 더듬더듬 힘겹게 발을 옮기는 소리만이 들려올 뿐이었다.

그는 곧장 소파 밑에서 뛰쳐나왔다. 두 여자는 마침 옆방에서 잠시 숨을 돌리기 위해 책상에 몸을 기대고 있었다. 그레고르는 네 번이나 방향을 바꾸며 이리저리 달려보았으나, 먼저 무엇부터 구해내야 할지 알 수가 없었다. 바로 그때 이미 텅 비어버린 한쪽 벽에 걸려 있는, 온통 모피로 몸을 감싼 여인의 그림이 눈에 들어왔다. 그는 재빨리 벽을 타고 올라가 액자 유리 위에 몸을 붙이고 꽉 눌러댔다. 차가운 유리는 그의 몸에 찰싹 붙어 뜨거운 배를 기분좋게 해주었다. 그가 지금 온몸으로 가리고 있는 이 그림만은 이제 분명 어느 누구도 빼앗아가지 못하리라. 그는 두 여자가 돌아오는 것을 지켜보기 위해 문 쪽으로 고개를 돌렸다.

두 사람은 그리 오래 휴식을 취하지 않고 어느새 다시 돌아오고 있었다.

그레테는 한쪽 팔로 어머니의 허리를 안고 거의 부축하다시피 하고 있었다.

"그럼 이젠 무얼 나를까요?"

그렇게 말하며 그레테는 주위를 둘러보았다. 그때 그녀의 시선이 벽에 붙어 있던 그레고르의 시선과 딱 마주쳤다. 어머니가 옆에 있어서인지 애써 태연한 척하며 그녀는 어머니가 주위를 둘러보지 못하도록 얼굴을 어머니 쪽으로 기울이며 말했다.

"가요, 엄마. 우리 잠깐만 거실에 가 있어요."

별생각 없이 되는대로 뱉어놓은 듯한 그녀의 목소리가 떨렸다. 그레고르가 보기에 그레테의 의도는 명백했다. 먼저 어머니를 안전하게 모셔놓은 다음 그를 벽에서 내려오게 하려는 것이었다. 좋아, 어디 할 테면 해보라지! 그는 그림을 깔고 앉아 절대 내주지 않을 태세였다. 그림을 내주느니 차라리 그레테의 얼굴을 향해 뛰어들리라.

그러나 그레테의 말은 어머니를 더욱더 불안하게 했다. 어머니는 옆으로 비켜서더니 꽃무늬 벽지 위에 붙어 있는 거대한 갈색 얼룩을 발견하고는 날카롭고 거친 목소리로 외쳐댔다.

"오, 하느님! 오, 하느님!"

그 얼룩이 그레고르라는 것을 미처 깨닫기도 전이었다. 어머니는 곧 모든 것을 포기한 사람처럼 양팔을 쫙 벌린 채 소파 위로 쓰러졌고, 더이상 꼼짝도 하지 않았다.

"오빠, 정말 이럴 거야!"

여동생이 주먹을 치켜들고 매서운 눈초리로 노려보며 소리쳤다. 그레고르의 변신 이래 그녀가 직접 그에게 던진 최초의 말이었다. 그녀는 어머니를 졸도에서 깨어나게 할 만한 무슨 약물이든 가져오려고 옆방으로 달려갔다. 그레고르도 뭐든 돕고 싶었다. 그림을 구해낼 시간은 아직 있었다. 유리에 너무 단단히 달라붙어 있어서 억지로 몸을 떼어내야 했다. 바닥으로 기어내려온 그는 예전처럼 여동생에게 무슨 충고라도 해줄 수 있을 듯이 자기도 옆방으로 달려갔으나, 막상 가보니 그녀 뒤에 우두커니 서 있는 것 말고는 할 수 있는 일이 아무것도 없었다. 이런저런 조그만 병들을 뒤지다가 문득 뒤를 돌아보더니 그녀는 또 한번 소스라치게 놀랐다. 그 바람에 약병하나가 바닥에 떨어져 깨졌고, 그 조각 하나가 그레고르의 얼굴에 상처를 냈다. 뭔지 모를 부식성의 약물이 그의 주위로 흘러들었다. 그레테는 이제 더이상 지체하지 않고 두 손 가득 약병들을 집어들고는 어머니가 있는 방으로 달려들어가더니 발로 문을 탕 닫아버렸다. 이로써 그레고르는 어머니와 차단되고 말았다. 어쩌면 어머니는 죽을지도 모른다. 이 모든 게 그 때문이었다. 그러나 어머니 옆에 붙어 있어야 할 여동생을 또다시 놀라게 해서 쫓아내지 않으려면 문을 열어서는 안 되었다. 그가 지금 할 수 있는 일이란 오직 기다리는 일밖에 없었다. 그는 자책과 걱정으로 안절부절못하고 이리저리 기어다니기 시작했다. 벽, 가구, 천장 할 것 없이 닥치는 대로 기어다

넜다. 한참을 그러다가 방 전체가 그의 주위를 빙글빙글
돌기 시작하자, 마침내 그는 절망감에 휩싸인 채 커다란
식탁 한복판으로 뚝 떨어졌다.

잠시 시간이 흘렀다. 그레고르는 힘없이 엎어져 있었고 주위는 고요했다. 어쩌면 그것은 좋은 조짐인지도 몰랐다. 그때 초인종이 울렸다. 하녀는 물론 빗장을 걸고 부엌에 틀어박혀 있었으므로 그레테가 문을 열러 나가야 했다. 아버지가 돌아온 것이다.

"무슨 일 있었니?"

그의 첫마디였다. 그레테의 모습에서 뭔가를 알아챈 모양이었다.

"엄마가 기절하셨어요. 하지만 이젠 좋아지고 있어요. 오빠가 뛰쳐나왔거든요."

대답하는 그녀의 목소리가 둔탁하게 들렸다. 분명 아버지의 가슴에 얼굴을 파묻은 채로 하는 말인 것 같았다.

"내 그럴 줄 알았지. 내가 늘 말하지 않았니. 그런데도 너희 두 여자는 통 내 말을 들으려 하지 않더니……"

아버지는 그레테의 짤막한 보고만 듣고 나쁘게 해석하여 마치 그레고르가 무슨 폭행이라도 저지른 것으로 미루어 단정하고 있는 것임이 분명했다. 지금 바로 아버지의 마음을 누그러뜨릴 방도를 찾아야 했다. 아버지에게 진상을 깨우쳐줄 시간도, 또 그럴 만한 가능성도 없었기 때문이다. 그레고르는 얼른 자기 방문 쪽으로 도망쳐 몸을 문에 밀착시켰다. 이는 그레고르가 즉시 자기 방으로 돌아가려는 선한 의도만을 가지고 있으며, 그를 몰아댈 필요 없이 문을 열어주기만 하면 즉시 그가 사라질 것이라는 것을 아버지가 거실로 들어서자마자 곧바로 알아볼 수 있도록 하기 위한 것이었다.

그러나 아버지는 그런 섬세한 뜻까지 알아차릴 기분이 아닌 듯했다. "앗!" 집안으로 들어서자마자 아버지는 그렇게 소리쳤다. 마치 화도 나고 기쁘기도 하다는 듯한 어조였다. 그레고르는 고개를 돌려 아버지를 쳐다보았다. 지금 저기 서 있는 저런 아버지의 모습은 정말이지 상상조차 해본 적이 없었다. 다만 그는 요즘 새로운 방식으로 기어다니는 데 정신이 팔려 집안이 어떻게 돌아가는지 전처럼 그렇게 관심을 기울이지 못한 것이 사실이었고, 그런 만큼 변화된 상황에 대처할 마음의 준비를 하고 있어야 했다. 그러나 아무리 그렇다고 해도 과연 저 사람이 아버지란 말인가? 예전에 그레고르가 출장을 떠날 때면 늘 지친 모습으로 침대에 파묻혀 누워 있던 바로 그 사람이 맞는 걸까? 집으로 돌아오는 날 저녁이면 잠옷 바람으로 팔걸이의자에 앉아 그를 맞아주던 사람, 제대로 일어날 수가 없어서 반갑다는 표시로 겨우 양팔만 쳐들어 보이던 그 사람이 정말 맞을까? 일 년에 몇 번, 일요일이나 큰 명절에 어쩌다 다 같이 산책을 나갈 때면 워낙 걸음이 느린 그레고르와 어머니 사이에서 늘 조금씩 더 느리게 걷던 사람, 낡은 외투를 푹 뒤집어쓴 채 T자형 지팡이를 조심조심 내짚으며 힘들게 발걸음을 옮기다가 무슨 말을 하려면 꼭 걸음을 멈추고는 앞서 걷던 가족들을 불러모으곤 하던 그 사람이 정말 맞는 걸까? 그런데 지금 그 앞에 있는 아버지는 허리를 꼿꼿이 세우고 서 있는데다 은행의 사환들이나 입을 것 같은 금색 단추가 달린 뻣뻣한 푸른색 제복을 입고 있었다. 뻣뻣하게 세운 상의의 칼라 위로는 두툼한 이중 턱이 툭 불거져나와 있으며, 덤불처럼 생긴 눈썹 아래로는 검은 눈동자가 주의깊고도 생기 있는 눈빛을 내뿜고 있었다. 평소엔 대책 없이 헝클어져 있던 백발도 거북스러우리만치 정확하게 가르마를 타서 빗어내린 듯 머리에 착 붙어 반드르르 윤이 났다. 그는 먼저 모자를 벗어던졌다. 어느 은행의 마크인 듯 모자에는 금색 모표가 부착되어 있었다. 모자는 긴 아치를 그리며 날아가 소파 위에 떨어졌다. 그는 긴 제복 상의의 양 끝자락을 뒤로 젖히고 양손을 바지 주머니에 찔러넣은 채 험악한 얼굴로 그레고르를 향해 걸어왔다. 무슨 일을 할 작정인지는 그 자신도 모르는 것 같았다. 아무튼 그는 보통 때와 달리 발을 번쩍번쩍 들며 걸어왔고, 그레고르는 아버지가 신고 있는 장화 밑창의 엄청난 크기에 놀랐다. 하지만 그런 것에 크게 개의치는 않았다. 새로운 생활이 시작된 첫날부터 그는 이미 알고 있었다. 아버지가 자기에 대해서는 오직 최대한 엄격하게 다루는 것만이 적절한 대응방법이라고 여기고 있다는 것을. 아버지가 쫓아오면 그는 앞으로 달아났다. 아버지가 멈추면 그도 멈추었고 아버지가 움직이면 그도 다시 앞으로 내달렸다. 두 사람은 그렇게 방을 몇 바퀴 돌았다. 그러는 동안 어떤 결정적인 일도 일어나지 않았고, 그 전체는 매우 느린 속도로 진행되었기 때문에 얼핏 보기에는 쫓고 쫓기는 것처럼 보이지도 않았다. 그레고르는 당분간 방바닥에 있기로 했다. 벽이나 천장으로 달아난다면 특별한 악의가 있는 것으로 보일까 두려웠기 때문이다. 그러나 그는 혼잣말로 그렇게 달리는 것도 오래 버티지는 못할 거라고 중얼거렸다. 아버지가 한 걸음을 내디딜 때 그는 무수히 많은 다리 동작을 해야 했던 것이다. 예전에도 폐가 그다지 건강한 편은 아니었던 터라 벌써 눈에 띄게 숨이 가빠오기 시작했다. 그는 이제 비틀거리며 달렸고 달리는 일에 온 힘을 집중하기 위해 눈도 제대로 뜨지 못했다. 급기야 정신마저 뿌옇게 흐려져서 이렇게 바닥 위를 달려서 도망치는 길 외에 다른 구제책은 아예 생각지도 못했다. 그는 벽을 이용할 수 있다는 사실을 거의 잊고 있었던 것이다. 다만 이곳 거실의 벽들은 온통 톱니 모양과 레이스 모양의 장식들이 정교하게 세공된 가구들로 가로막혀 있긴 했지만 말이다. 바로 그때 그의 옆으로 무언가가 휙 하고 가볍게 날아와 떨어지더니 앞쪽으로 데굴데굴 굴러왔다. 그것은 사과였다. 곧이어 뒤쪽에서 두번째 사과가 날아왔다. 깜짝 놀란 그레고르는 그 자리에 멈추어 섰다. 더이상 도망쳐봤자 소용이 없었다. 아버지는 그에게 사과로 폭탄 세례를 퍼붓기로 결심한 모양이었다. 아버지는 찬장 위의 과일 접시에서 사과 몇 알을 집어 양쪽 주머니에 가득 채워넣은 다음, 제대로 겨냥하지도 않고 되는대로 사과를 집어던졌다. 조그맣고 빨간 사과들은 마치 전기라도 띤 듯 이리저리 뒹굴며 서로 부딪쳤다. 약하게 던져진 사과 하나가 그레고르의 등을 살짝 스치고 지나갔지만 다행히 상처를 입을 정도는 아니었다. 그러나 곧바로 뒤이어 날아온 사과는 달랐다. 그것은 그레고르의 등을 제대로 맞추어 깊숙이 들어가 박혔다. 불시에 당한 이 엄청난 고통이 자리를 옮기면 사라질 수도 있다는 듯 그레고르는 몸을 질질 끌며 앞으로 나아가려고 했다. 그러나 마치 그 자리에 못 박히기라도 한 듯 그는 꼼짝도 할 수가 없었다. 모든 감각들이 극도의 혼란 속으로 빠져들며 그는 그만 그대로 쭉 뻗어버리고 말았다. 마지막 순간 그는 자기 방의 문이 확 열리더니 비명을 지르는 여동생을 뒤로하고 어머니가 속옷 바람으로 뛰쳐나오는 것을 보았다. 기절한 어머니가 숨쉬기 편하도록 여동생이 옷을 벗겨놓았던 것이다. 곧장 아버지를 향해 달려가는 어머니의 발밑으로 끈 풀린 치마들이 하나둘 흘러내렸다. 그 치마들에 걸려 비틀거리다가 아버지의 품안으로 달려든 어머니는 아버지를 꼭 끌어안고 그와 한 덩어리가 되더니—그때 그레고르의 시력은 이미 가물가물 꺼져가고 있었다—두 손으로 아버지의 뒷머리를 감싼 채 애원했다. 그레고르를 제발 살려달라고.

부상이 심해, 그레고르는 한 달이 넘게 고생해야 했다. 누구도 빼내줄 엄두를 내지 못했기 때문에 사과는 여전히 살 속에 박힌 채 이 사건의 뚜렷한 기념물로 남아 있었다. 그레고르의 이런 고통은 아버지에게까지도 그가 엄연히 가족의 일원이라는 사실을—비록 지금은 비참하고 구역질나는 모습을 하고 있다 하더라도—상기시켜준 듯했다. 그래서 그를 원수처럼 대할 것이 아니라 그에 대한 혐오감을 꿀꺽 삼켜버리고 그저 참는 것, 별 도리 없이 그저 참는 것만이 가족으로서 마땅히 지켜야 할 도리일 터였다.

그 부상 때문에 어쩌면 영원히 운동 능력을 상실할지도 모르고 또 지금으로서는 자기 방을 가로질러가는 데도 늙은 상이군인처럼 오랜 시간이 걸리기는 했지만—높은 데를 기어다니는 것은 생각조차 할 수 없었다—그

레고르는 자신의 상태가 이렇게 악화된 것에 대해 충분하고도 남는 보상을 받고 있다고 생각했다. 그 일이 있은 후로, 저녁 무렵이면 그가 이미 한두 시간 전부터 뚫어지게 쳐다보고 있던 거실 쪽 문이 열렸고, 거실 쪽에서는 보이지 않도록 자기 방의 어둠 속에 엎드린 채 불 켜진 식탁에 둘러앉아 있는 가족들의 모습을 바라보면서 그들이 주고받는 이야기를—말하자면 모두의 허락하에, 그러니까 전과는 완전히 다르게—들을 수 있게 되었던 것이다.

물론 그것은 예전에 그레고르가 작은 호텔방의 눅눅한 침대 위에 지친 몸을 던져야 할 때면 늘 약간의 갈망과 함께 떠올리곤 했던 당시의 활기찬 대화는 아니었다. 지금은 다들 너무도 조용히 지냈다. 저녁식사를 하고 나면 아버지는 곧 안락의자에 앉아 잠이 들었고, 어머니와 여동생은 서로에게 조용히 하라고 주의를 주었다. 어머니는 불빛 아래로 몸을 깊이 숙인 채 양장점에 넘길 고급 내의를 바느질했고, 점원으로 취직한 여동생은 장차 더 나은 일자리를 얻기 위한 것인 듯 저녁마다 속기와 불어를 공부했다. 가끔씩 아버지가 잠에서 깨어나 마치 자신이 잤다는 사실을 전혀 모르는 사람처럼 어머니에게, "당신 오늘도 또 뭘 그렇게 오래도록 바느질하고 있는 거요!"라고 말하고는 곧바로 다시 잠이 들면 어머니와 여동생은 지친 얼굴로 서로에게 미소를 지어 보였다.

무슨 고집인지 아버지는 집에서도 제복을 벗지 않으려 했고, 때문에 잠옷은 아무 소용도 없이 늘 옷걸이 못에 걸려 있었다. 옷을 다 차려입은 채 자리에서 꾸벅꾸벅 졸고 있는 아버지는 마치 언제라도 일할 태세를 갖추고 상관의 분부를 기다리고 있는 사람 같았다. 그러다보니 처음부터 새것이 아니었던 제복은 어머니와 여동생의 세심한 관리에도 불구하고 점점 추레해졌다. 때때로 그레고르는 언제나 잘 닦인 금색 단추들만 반짝거릴 뿐 곳곳이 얼룩덜룩한 아버지의 제복을 저녁 내내 바라보곤 했다. 그런 옷을 입고서 늙은 아버지는 지극히 불편한 자세로, 하지만 편안하게 잠을 잤다.

시계가 열시를 알리면 어머니는 나지막하고 다정한 말로 아버지를 깨워 침대에 가서 자도록 설득하느라 애를 먹었다. 여기서는 잠을 제대로 잘 수 없으며, 여섯시면 근무를 시작해야 하는 아버지로서는 제대로 잠을 자는 것이 절대적으로 필요하다는 것이었다. 그러나 은행안내원이 된 후로 이상한 아집에 사로잡히게 된 아버지는 매번 어김없이 그렇게 잠이 들면서도 그 자리에 더 있겠다고 고집을 부렸으며, 일단 그러기 시작하면 안락의자에서 침대로 잠자리를 옮기도록 그의 마음을 돌려놓기란 여간 힘든 일이 아니었다. 그럴 때면 어머니와 여동생이 이런저런 잔소리를 해대며 아무리 귀찮게 굴어도 십오 분가량은 그저 고개만 천천히 가로저을 뿐 아버지는 눈을 지그시 감은 채 일어서지 않았다. 어머니가 옷소매를 살짝 잡아당기며 귀에 대고 달콤한 말로 구슬려보아도, 여동생이 하던 공부를 잠시 멈추고 어머니를 거들어보아도 아버지는 끄떡도 하지 않았다. 오히려 더욱 깊숙이 안락의자 속으로 몸을 묻을 뿐이었다. 두 여자가 양쪽에서 겨드랑이 아래에 팔을 넣고 일으켜세울 때가 되어서야 그는 눈을 번쩍 뜨고는 어머니와 여동생을 번갈아 바라보며 말하곤 했다. "이것이 인생이야. 이것이 내 말년의 휴식이로군." 두 여자의 부축을 받아 몸을 일으키며 아버지는 마치 그 자신이 스스로에게 더없이 무거운 짐이라도 되는 듯 귀찮아했다. 그렇게 두 여자의 손에 이끌려 가다가 방문 앞에 이르면 아버지는 그만 물러가라고 손짓하곤 혼자서 걸어들어갔지만 어머니와 여동생은 각기 바느질감과 펜을 황급히 던져놓고는 계속 뒤따라 들어가 아버지를 거들어주었다.

이렇듯 뼈빠지게 일하고 피곤에 찌든 식구들 중에 누가 꼭 필요한 일 이상으로 그레고르를 돌봐줄 수가 있었겠는가? 살림은 점점 더 곤궁해져 이젠 하녀마저 내보내야 했다. 대신 백발이 흩날리는, 뼈대가 굵은 거구의 파출부가 아침저녁으로 와서 가장 힘든 일만 해주었다. 나머지는 모두 어머니가 그 많은 바느질일을 해나가며 틈틈이 해냈다. 어머니와 여동생이 즐거운 모임이나 명절날 같은 때 너무도 행복해하며 하고 다녔던 집안 대대로 내려온 여러 가지 패물이나 장신구들을 팔아버리는 일까지도 있었다. 어느 날 저녁 그런 물건들을 팔면서 얼마를 받아야 할지 모두 모여 상의하는 것을 듣고 알게 된 사실이었다. 하지만 가족들의 가장 큰 불만은 언제나 지금 형편으로는 너무 큰 이 집을 떠나 이사를 할 수 없다는 것이었다. 그레고르를 어떻게 옮겨야 할지 도무지 그 방도를 생각해낼 수 없었던 것이다.

그러나 그레고르는 이사를 가로막는 것이 자기 때문만은 아니라는 것을 간파하고 있었다. 그 자신쯤이야 적당한 상자에 집어넣어 숨쉴 구멍 몇 개만 뚫어놓으면 쉽사리 운반할 수 있었을 테니까 말이다. 식구들이 집을 옮기지 못하는 진짜 이유는 오히려 완전한 절망감 때문이었다. 이제까지 친척들이나 지인들 가운데 그 누구도 당해보지 않은 그런 불행을 당하고 있다는 생각 때문이었다. 세상이 가난한 사람들에게 요구하는 바를 그들은 최대한 이행하고 있었다. 아버지는 말단 은행직원들에게 아침을 날라다주었고, 어머니는 누군지도 모르는 사람들의 속옷을 바느질하느라 온 힘을 다 쏟았으며, 여동생은 고객들의 요구에 따라 판매대 뒤에서 이리 뛰고 저리 뛰었다. 식구들에겐 더이상 여력이 없었다. 아버지를 침대로 데려다놓고 다시 자리로 돌아온 어머니와 여동생이 하던 일을 놓아둔 채 볼과 볼이 맞닿을 정도로 바싹 다가앉을 때, 그러다 어머니가 그레고르의 방을 가리키며 "그레테야, 저기 문 좀 닫고 오거라" 하고 말할 때, 그래서 그레고르가 다시 어둠 속에 있게 될 때면, 등짝의 상처가 새로 생긴 것인 양 욱신욱신 아파오기 시작했다. 그 시간, 거실에서는 두 여자가 서로 얼굴을 맞대고 눈물을 흘리거나, 눈물조차 말라서 식탁만 멍하니 바라보고 있었다.

그레고르는 며칠 밤 며칠 낮을 거의 불면으로 보냈다. 때때로 다음번에 문이 열리면 옛날처럼 다시 자신이 가족들의 일을 도맡아서 해보리라 마음 먹기도 했다. 그의 머릿속에는 다시 오랜만에 사장과 지배인, 직원들과 견

습사원들, 말귀를 통 못 알아듣던 사환 아이, 다른 회사에 다니는 두세 명의 친구들, 지방 어느 호텔의 청소하는 아가씨, 스쳐지나가는 아름다운 추억의 한 장면, 그가 진심으로 구애했으나 한 발 늦었던 어느 모자가게의 여점원 등이 떠오르기도 했다. 그들은 모두 낯선 사람들이나 이미 잊힌 사람들과 뒤섞여 나타났는데, 그와 가족을 도와주기는커녕 모두 하나같이 닿을 수 없는 사람들이었기에 오히려 보이지 않는 편이 좋았다. 하지만 그러고 나면 왠지 다시 식구들을 걱정할 기분이 아니었고, 자기를 잘 돌보지 않는 것에 대한 분노만 가득찼다. 무엇을 먹고 싶은지도 잘 모르면서 어떻게 하면 식품 저장실 안에 들어가—배는 하나도 안 고팠지만—자기가 먹을 만한 것을 집어올 수 있을지 그저 계획만 무성하게 세웠다. 여동생은 무엇을 주면 그레고르가 특히 기뻐할지 이젠 더이상 생각하지 않았다. 그녀는 아침과 점심 때 가게로 달려가기 전에 황급히 아무 음식이나 되는대로 그레고르의 방에 발로 툭 밀어넣었다가, 저녁때면 그냥 비로 한번 휙 쓸어냈다. 그가 음식을 맛이라도 보았는지 아예 손도 안 댔는지—손도 안 댈 때가 허다했다—는 신경도 쓰지 않았다. 이제는 늘 저녁에 하는 방 청소도 이보다 더 빨리 할 수는 없을 듯싶게 아무렇게나 후딱 해치웠다. 벽을 따라 더러운 얼룩이 띠를 이루며 죽죽 그어져 있었고 먼지와 오물 덩이가 여기저기 널려 있었다. 처음에 그레고르는 여동생이 들어오면 특히나 표가 나게 더러운 한쪽 구석에 가 서 있곤 했는데, 그렇게 함으로써 그녀에게 말하자면 비난을 표시하

기 위한 것이었다. 그러나 그가 몇 주일을 그곳에 그대로 서 있어도 여동생
의 태도는 나아질 것 같지 않았다. 그녀 역시 더러운 것을 뻔히 보았을 텐데
도 그냥 내버려두기로 결심한 모양이었다. 그러면서도 그녀는 전과 달리 새
삼스럽게 신경이 예민해져서—사실 온 가족이 신경과민에 시달리고 있었
지만—그레고르의 방 청소에 관한 자신만의 고유한 권한을 누가 침해하기
라도 할까봐 촉각을 곤두세우고 지켜보았다. 한번은 어머니가 그레고르의
방을 대청소한 적이 있었는데, 물을 몇 양동이나 쓰고 나서야 일을 마쳤다.
그러나 물기가 너무 많아 기분이 상한 그레고르는 소파 위에 벌렁 드러누운
채 씁쓸한 마음으로 꼼짝도 않고 있었다. 그 일로 인해 어머니는 톡톡히 곤
욕을 치러야 했다. 저녁에 그레고르의 방이 달라진 것을 알아차린 여동생
이 극도의 모욕감을 느끼며 거실로 달려갔던 것이다. 어머니가 양손을 쳐들
고 애원하다시피 했지만 여동생은 몸부림을 치며 울음을 터뜨렸다. 부모님
은—물론 아버지는 안락의자에서 벌떡 일어났다—처음엔 깜짝 놀라서 어
쩔 줄 모르고 쳐다보기만 했지만 곧 마음을 가다듬었다. 아버지는, 오른쪽
의 어머니에게는 왜 그레고르의 방 청소를 딸아이에게 맡겨두지 않았느냐
고 나무랐고, 왼쪽의 여동생에게는 앞으로 다시는 어머니가 그레고르의 방
을 청소하지 못하도록 하겠다며 호통을 쳤다. 어머니가 흥분해서 제정신이
아닌 아버지를 침실로 끌고 가려고 애쓰는 동안, 여동생은 흐느껴 우느라
몸을 들썩거리며 작은 두 주먹으로 식탁을 마구 내려쳤다. 그리고 그레고르

는, 얼른 문을 닫아 이 소란스러운 광경과 소음을 막아줄 생각을 하는 사람이 아무도 없다는 사실에 화가 치밀어 큰 소리로 씩씩거렸다.

어쨌거나 직장 일로 녹초가 된 여동생이 그레고르를 돌봐주는 일에 이젠 신물을 느껴 전과 같지는 않다 하더라도, 아직은 어머니가 그녀 대신에 그의 방에 들어올 필요는 없었고, 그렇다고 그가 소홀히 취급당할 이유도 없었을 것이다. 이제는 파출부가 있었기 때문이다. 오랜 세월 동안 아무리 험하고 궂은 일이라도 그 억센 골격 덕분에 능히 이겨냈을 듯한 이 늙은 과부는 그레고르에게 혐오감을 느끼지 않았다. 그녀는 괜한 호기심에서가 아니라 우연히 한번 그레고르의 방문을 열었다가 그를 보게 되었다. 화들짝 놀란 그레고르는 누가 쫓아오기라도 하는 듯 이리저리 내달리기 시작했고, 그 모습을 보고 있던 그녀는 기가 찬 듯 아랫배 위에 양손을 포개 얹고 가만히 서 있었다. 그후로 그녀는 아침저녁으로 잠깐씩 문을 빼꼼 열고 그레고르를 들여다보는 일을 게을리하지 않았다. 처음엔 "이리 와보렴, 우리 말똥구리!"라든가 "우리 말똥구리 좀 봐요!" 등과 같이, 딴에는 친절한 말을 건네며 그를 자기한테 오도록 불러보곤 했다. 그러나 그렇게 말을 걸어와도 그레고르는 아무런 대꾸도 하지 않았고, 마치 문이 아예 열려 있지 않기라도 한 듯 제자리에서 꼼짝도 않았다. 이 파출부 할멈한테 제발 공연히 그를 방해하게 놔두지 말고 차라리 그의 방이나 매일 청소하라고 지시를 내려주었으면! 어느 날 이른 아침—벌써 봄이 오는 신호인 듯 거센 비가 유리

창을 때리고 있었다―할멈이 또 그 허튼소리를 시작하자 분통이 터진 그레고르는 공격이라도 할 듯이 그녀 쪽으로 몸을 돌렸다. 하지만 그 동작은 한없이 느렸고 곧 쓰러질 듯 힘이 없었다. 그러자 할멈은 겁을 먹기는커녕 대번에 문 가까이 있던 의자를 높이 쳐들었다. 입을 딱 벌리고 서 있는 품을 보니 손에 들린 의자가 그레고르의 등을 내려치고 나서야 비로소 입을 다물겠다는 의도가 분명했다. 그레고르가 다시 몸을 돌리자 그제야 그녀는 "그러니까 더는 안 되겠지?" 하고 말하며 의자를 가만히 구석에 내려놓았다.

그레고르는 이제 거의 아무것도 먹지 않았다. 어쩌다 음식 옆을 지나가다가 장난 삼아 한입 물어넣을 때도 있었지만 그럴 때면 몇 시간 동안 그대로 물고 있다가 대개 다시 뱉어버렸다. 처음엔 그렇게 식욕이 생기지 않는 것이 달라진 방에 대한 슬픔 때문이라고 생각했지만, 그는 곧 방의 변화에 적응하게 되었다. 식구들은 다른 곳에 마땅히 둘 수 없는 물건들을 이 방에 갖다놓는 버릇이 생겼는데, 그런 물건들이 이제는 많아졌다. 그 집의 방 하나를 세 명의 하숙인에게 세를 주었던 것이다. 근엄해 보이는 이 남자들은―그레고르가 언젠가 문틈으로 확인한 바에 의하면 세 사람 모두 털보였다―지나치리만큼 정리 정돈에 신경을 썼다. 자기들 방은 물론이고, 어차피 이 집에 들어와 같이 살게 된 처지이므로, 집안 구석구석, 특히 부엌의 청결 문제에 사사건건 참견하고 나섰으며 쓸데없는 물건이나 더러운 잡동사니를 보면 참지 못했다. 게다가 그들은 세 사람 모두 각자의 살림살이를 갖고 들어왔다. 그런 까닭에 많은 물건들이 불필요해졌는데, 어디에 내다 팔 수도 없고 그냥 버리자니 아까운 것들이었다. 그런 물건들이 모두 그레고르의 방으로 옮겨졌다. 거기엔 부엌에서 쓰던 재받이통과 쓰레기통까지 있었다. 언제나 바쁘게 서둘러대는 파출부 할멈은 뭐든 당장에 쓰지 않는 것이면 그레고르의 방 안에 던져넣었는데, 다행히도 그레고르에게는 대개 던져지는 물건과 던지는 손만 보일 뿐이었다. 할멈은 아마도 때가 되고 기회가 되면 그 물건들을 다시 가져가거나 한꺼번에 내다버릴 생각이었던 것 같다. 그레고르가 그 잡동사니들 속을 이리저리 기어다니며 움직여놓지 않았다면 그 물건들은 아마 처음 떨어진 그 자리에 그대로 놓여 있었을 것이다. 처음에는 기어다닐 자리가 더이상 없어서 하는 수 없이 물건들을 밀쳐놓게 되었지만, 나중에는 점점 그 일에 재미가 붙었다. 그러나 그렇게 돌아다니고 나면 죽도록 피곤하고 서글퍼져서 다시 몇 시간 동안은 꼼짝도 할 수가 없었다.

세 남자는 가끔 거실에서 저녁식사를 하곤 했기 때문에 거실로 통하는 문이 저녁에도 그대로 닫혀 있는 일이 많아졌다. 그러나 그레고르는 문이 열리기를 바라지도 않았다. 문이 열려 있는 날 저녁에도 그는 문가로 다가오지 않고 식구들 모르게 방의 가장 어두운 구석으로 물러나 가만히 엎드려 있었던 것이다. 어느 날인가는 파출부 할멈이 거실로 통하는 그 문을 약간 열어둔 적이 있었다. 문은 저녁에 하숙인들이 들어와 불이 켜졌을 때에도 그대로 열려 있었다. 그들은 예전에 아버지와 어머니와 그레고르가 앉던 식탁의 윗자리를 차지하고 앉아 냅킨을 펼치고 나이프와 포크를 손에 쥐었다. 그러자 고기그릇을 든 어머니가 먼저 나타났고 뒤이어 여동생이 감자가 수북이 담긴 그릇을 들고 나타났다. 음식에서 김이 모락모락 피어올랐다. 하숙인들은 먹기 전에 먼저 무슨 검사라도 하려는 듯 앞에 놓인 그릇 위로 몸을 숙였고, 실제로 양옆의 두 사람이 형님으로 모시고 있는 듯 보이는 가운데 사람은 고기 한 조각을 개인 접시에 덜지도 않고 그대로 썰어보았다. 고기가 충분히 연하게 익었는지 아니면 그것을 다시 부엌으로 돌려보내야 할지 확인하려는 것임이 분명했다. 다행히 그는 만족했고, 긴장하여 지켜보고 있던 어머니와 여동생은 그제야 안도의 숨을 내쉬며 미소를 띠기 시작했다.

식구들은 부엌에서 식사했다. 그래도 아버지는 부엌에 들어가기 전에 먼저 거실로 들어와 모자를 손에 든 채 꾸벅 인사를 한번 하고는 식탁 주위를 한 바퀴 돌았다. 하숙인들은 일제히 일어서서 수염 속으로 뭐라고 중얼거리다가 자기들만 남게 되자 거의 완벽한 침묵 속에서 식사를 했다. 식사할 때 나는 갖가지 소리들 가운데 유독 음식을 씹는 그들의 이빨 소리만 거듭 또렷이 들려오는 것이 그레고르는 이상했다. 마치 그럼으로써 그레고르에게 사람이란 식사를 하려면 무엇보다 이가 있어야 하며, 아무리 멋진 턱이 있더라도 이빨이 없으면 아무 소용 없다는 것을 보여주기라도 하는 듯했다.

"나도 뭔가 먹고 싶어." 그레고르는 걱정스럽게 중얼거렸다. "하지만 저런 것들은 아냐. 저 하숙인들이 먹는 대로라면 나는 죽어버리고 말 거야!"

바로 그날 저녁 부엌 쪽에서 바이올린 소리가 들려왔다. 그동안은 내내 바이올린 소리를 들어본 기억이 없었다. 하숙인들이 저녁식사를 마친 뒤였다. 가운데 사람이 신문을 꺼내어 다른 두 사람에게 한 장씩 나누어주자 세 사람은 모두 의자에 기댄 채 신문을 읽으면서 담배를 피웠다. 바이올린 연주가 시작되자 그들은 주의깊게 듣더니 가만히 일어나 발끝으로 살금살금 문 쪽으로 걸어가 문에 바싹 붙어섰다. 부엌에 있던 식구들이 그들의 소리를 들은 모양이었다. 문 안쪽에서 아버지가 이렇게 소리쳤기 때문이다.

"혹시 바이올린 소리가 거슬리시나요? 그러면 즉시 그만두게 하겠습니다."

그러자 가운데 남자가 말했다.

"천만에요. 괜찮다면 따님께서 이쪽으로 건너와 거실에서 연주해주실 수는 없을까요? 여기가 훨씬 더 편안하고 아늑할 텐데요."

"오, 그렇게 하지요."

아버지는 마치 자신이 바이올린 연주자인 것처럼 소리쳤다. 하숙인들은 다시 자리를 잡고 기다렸다. 곧 아버지는 악보대를, 어머니는 악보를, 여동생은 바이올린을 들고 나타났다. 여동생은 침착하게 연주를 위한 만반의 준비를 갖추었다. 전에 한 번도 방을 세놓아본 적이 없었던 부모님은 하숙인들에 대한 예의가 너무 지나친 나머지 감히 의자에 앉지도 못했다. 아버지는 단추가 모두 채워진 제복의 두 단추 사이에 오른손을 찔러넣은 채 문에 기대 섰고, 어머니는 하숙인 한 사람이 의자를 권해 앉기는 했지만—그사람이 우연히 의자를 놓아준 그대로—한쪽 구석에 떨어져서 앉았다.

여동생이 연주를 시작했다. 아버지와 어머니는 각자 제 위치에서 딸의 손놀림을 주의깊게 지켜보았다. 그레고르는 바이올린 소리에 마음이 끌려 겁도 없이 조금씩 앞으로 나아가더니 어느새 머리를 거실 쪽으로 내밀고 있었다. 그는 최근에 다른 사람들을 거의 고려하지 않고 있는데다, 자신의 그런 행동을 별로 이상하게 생각하지 않았다. 예전에는 남들에 대한 배려와 조심성을 자랑으로 여겼던 그였다. 게다가 바로 지금이야말로 그 어느 때보다 남들의 눈을 피해 몸을 숨겨야 할 이유가 더 많다고 할 수 있을 것이다. 그의 방 안 곳곳에 수북이 쌓여 있는 먼지들이 조금만 움직여도 풀풀 날리는 바람에 그 역시 온통 먼지를 뒤집어쓰고 있었던 것이다. 그는 실밥, 머리카락, 음식 부스러기 따위를 등과 옆구리에 붙인 채 이리저리 끌고 다녔다. 이제는 모든 일에 너무나 무관심해져서—전에는 하루에도 몇 번씩 했던 일이지만—요사이는 등을 대고 벌렁 드러누워 양탄자에 몸을 비벼대는 것도 하지 않았다. 이러한 상태에도 불구하고 그레고르는 아무 거리낌 없이 티끌 하나 없이 깨끗한 거실 바닥 위를 얼마간 기어나갔다.

그가 기어나오는 것을 눈치챈 사람은 아무도 없었다. 식구들은 바이올

린 연주에 완전히 정신이 팔려 있었고, 하숙인들은 얼마간 지겨워하고 있었다. 그들은 처음엔 두 손을 바지 주머니 속에 찔러넣은 채 여동생의 악보대 뒤에 바짝 붙어 서 있다가—마음만 먹으면 악보를 들여다볼 수도 있을 정도여서 틀림없이 여동생에게 방해가 되었을 것이다—곧 고개를 푹 숙인 채 서로 수군수군 대화를 주고받으면서 창 쪽으로 물러나더니, 아버지의 근심스러운 시선을 받으며 그 자리에 계속 머물러 있었다. 아름답거나 흥겨운 바이올린 연주를 들을 수 있으리라고 기대했다가 실망하고 연주 전체에 싫증이 났으나 오직 예의를 지키기 위해 하는 수 없이 들어주고 있는 것 같은 모습이 이제는 너무도 역력했다. 특히 세 사람 모두 코와 입으로 시가 연기를 허공에다 내뿜어올리는 모습은, 그들이 얼마나 짜증스러워하는지를 잘 말해주고 있었다. 그래도 여동생은 참으로 아름답게 연주에 몰두하고 있었다. 그녀는 고개를 한쪽 옆으로 기울인 채 슬픈 눈빛으로 음미하듯 악보를 더듬어내려갔다. 그레고르는 조금 더 앞으로 기어나갔다. 그리고 혹시나 그녀와 눈길이 마주칠 수 있을까 하여 머리를 바닥에 붙이고 있었다. 이렇게도 음악에 감동을 받는데도 그가 과연 동물이란 말인가? 그에게는 마치 자신이 열망하던 미지의 어떤 양식(糧食)에 이르는 길이 열리는 것 같았다. 그는 여동생 바로 앞까지 다가가 그녀의 치마를 살짝 잡아당겨 바이올린을 가지고 자기 방으로 와달라는 뜻을 전하기로 결심했다. 여기 있는 사람들 중에는 자기만큼 그녀의 연주를 제대로 감상하고 그 진가에 보답해줄 만한 사람이 아무도 없었기 때문이다. 만일 그녀가 와준다면 그는 적어도 자신이 살아 있는 한은 그녀를 자기 방에서 내보내지 않으리라 마음먹었다. 자신의 흉측한 몰골이 처음으로 쓸모 있는 일을 해줄 것 같았다. 방의 모든 문들을 동시에 지키고 서 있다가 누군가 침입해들어오면 캬오, 하고 덤벼들어 혼을 내주리라. 그러나 여동생을 강제로 붙잡아두어서는 안 된다. 그녀가 자발적으로 머무르게 해야 한다. 그녀를 나란히 소파에 앉히고 그의 말에 귀기울이게 할 것이다. 그러고는 자신은 그녀를 음악원에 보내려는 확고한 계획을 품고 있었으며, 그동안 이런 불상사만 생기지 않았더라면 지난 크리스마스 때—크리스마스는 이미 지나가버렸겠지?—그 어떤 반대를 무릅쓰고라도 모두에게 그 계획을 발표했을 거라고 털어놓으리라. 이렇게 속내를 밝히고 나면 여동생은 감동의 눈물을 쏟을 것이고 그레고르는 그녀의 어깨까지 몸을 일으켜세워 그녀의 목에 키스를 할 것이다. 가게에 나가게 된 후로 그녀는 리본이나 칼라를 하지 않은 채 목을 드러내놓고 다녔다.

"잠자 씨!"

가운데 남자가 아버지를 향해 소리쳤다. 그러고는 더이상 아무 말도 하지 않고 집게손가락으로 천천히 앞으로 기어나오고 있는 그레고르를 가리켰다. 그리고 그 순간, 바이올린 소리도 멎었다. 남자는 먼저 고개를 가로저으며 친구들에게 미소를 지어 보이더니 다시 그레고르 쪽을 쳐다보았다.

아버지는 그레고르를 쫓아내는 일보다 먼저 하숙인들을 진정시키는 일이 더 시급하다고 여기는 것 같았다. 그러나 하숙인들은 전혀 흥분하지 않았으며 바이올린 연주보다는 그레고르 쪽에 더 흥미를 느끼는 눈치였다. 아버지는 급히 달려가 두 팔을 쫙 벌려 그들을 방으로 몰아넣으려는 동시에 몸으로는 그레고르를 보지 못하게 하려고 그들의 시야를 가로막았다. 그러자 그들은 사실 약간 화를 냈는데, 그것이 아버지의 태도 때문인지 아니면 자기들이 이제껏 그레고르와 같은 존재를 바로 옆방에 두고 살았다는 사실을 모르고 있다가 지금에서야 알게 되었기 때문인지는 알 수 없었다. 그들은 아버지에게 해명을 요구하고, 자기들 쪽에서도 팔을 들어올려 불안한 듯 수염을 잡아당기면서 아주 천천히 자기들 방 쪽으로 물러났다. 그러는 동안 여동생은 갑작스레 연주가 중단된 후 넋이 나간 듯 멍하니 있다가 정신을 차리고는, 축 늘어진 두 손에 바이올린과 활을 든 채 계속 연주를 할 듯이 한동안 악보를 들여다보고 있더니 갑자기 벌떡 일어났다. 그녀는 호흡 곤란으로 숨을 헐떡이며 아직 안락의자에 앉아 있는 어머니의 무릎 위에 악기를 내려놓고는 하숙인들이 묵는 옆방으로 앞질러 달려들어갔다. 아버지가 계속 몰아대는 바람에 그들은 좀더 빠르게 자기들 방 쪽으로 다가가고 있었다. 여동생의 능숙한 손놀림에 따라 침대에 있던 이불과 베개가 획획 날리더니 착착 정돈되어가는 모습이 보였다. 하숙인들이 아직 방에 도달하기도 전에 그녀는 침대 정돈을 끝내고 살짝 빠져나왔다. 아버지는 계속 그들을 밀어붙이기만 했다. 그새 집주인으로서 세입자들에게 마땅히 베풀어야 할 최소한의 예의조차 까맣게 잊어버리고 고집을 부리는 듯했다. 마침내 방문 앞에 이르자 예의 그 가운데 남자가 발을 쾅쾅 굴러 아버지를 멈추어 세웠다.

"지금 이 자리에서 선언하겠소!"

남자는 말과 동시에 한쪽 손을 쳐들며 눈으로는 어머니와 여동생을 찾았다.

"나는 이 집과 가족을 지배하고 있는 불미스러운 상황을 고려하여—이 말과 함께 그는 순간적으로 마음을 정한 듯 바닥 위에 침을 탁 뱉었다—지금 당장 이 집에서 나가겠소. 물론 지금까지 지낸 기간의 방세 역시 한푼도 지불하지 않을 것이오. 오히려 당신들에게 손해배상청구를 해야 할지 어떨지 신중히 생각해보려고 하오. 청구의 사유는 얼마든지 찾을 수 있으니까. 그냥 해보는 말이 아닙니다."

남자는 입을 다물고, 마치 무언가를 기다리는 듯 앞만 똑바로 쳐다보았다.

"우리도 당장 나가겠소."

실제로 두 친구가 즉시 이렇게 응대하고 나서자 남자는 문 손잡이를 잡더니 쾅 소리가 나도록 문을 닫고 방으로 들어갔다.

아버지는 두 손으로 더듬거리면서 비틀거리며 걸어와 자신의 안락의자 위에 푹 쓰러졌다. 보통 때처럼 몸을 축 늘어뜨리고 저녁잠을 자는 듯이 보였지만, 머리를 제대로 가눌 수 없는 듯 쉴새없이 끄덕거리는 모습으로 보아 그렇지 않다는 것을 알 수 있었다. 그레고르는 그동안 내내 하숙인들에게 들켰던 바로 그 자리에 꼼짝 않고 조용히 엎드려 있었다. 계획이 실패한 데 대한 실망감에다 너무 많이 굶은 탓에 탈진까지 겹쳐진 듯 한 발짝도 움직일 수가 없었다. 그는 막연한 확신을 가지고, 다음 순간 모두가 한꺼번에 폭발하여 자신을 덮쳐올 것 같은 두려움을 느끼면서 그 순간을 기다리고 있었다. 어머니의 무릎 위에 올려져 있던 바이올린이 어머니의 떨리는 손가락들 밑에서 스르륵 미끄러져나와 바닥으로 떨어지면서 요란한 소리를 냈지만, 그 소리에조차 그는 움찔하지도 않았다.

"아버지, 엄마!" 여동생이 먼저 입을 열며 식탁을 내리쳤다. "더이상 이렇게 살 순 없어요. 두 분은 어떠신지 모르겠지만 저는 깨달았어요. 저는 저런 괴물 앞에서 오빠의 이름을 입 밖에 내고 싶지 않아요. 그러니까 제가 말씀드리고 싶은 건 오직 한 가지, 우리가 저것에서 벗어나야 한다는 거예요. 우리는 그동안 저것을 돌보고 참아내기 위해 인간으로서 할 수 있는 일은 다 해봤어요. 우리를 조금이라도 비난할 수 있는 사람은 아무도 없을 거예요."

"저 아이 말이 백 번 옳아."

아버지는 혼잣말을 했다. 어머니는 여전히 숨을 제대로 못 쉬겠는지 눈빛이 조금 이상해지더니 손으로 입을 막고 소리 죽여 기침을 하기 시작했

다. 여동생이 얼른 달려가 그녀의 이마를 짚어보았다.

아버지는 여동생의 말을 듣고 생각이 보다 분명해진 듯했다. 그는 허리를 곧추세우고 앉더니, 하숙인들의 저녁식사 그릇들이 아직 치워지지 않은 식탁 앞에서 자신의 안내원 모자를 만지작거렸다. 그러곤 꼼짝 않고 있는 그레고르 쪽을 이따금씩 쳐다보았다.

"우리는 이제 벗어나야 해요." 여동생은 이제 아버지에게만 말했다. 어머니는 기침을 하느라고 아무 말도 듣지 못했다. "저 괴물은 틀림없이 두 분을 돌아가시게 할 거예요. 뻔하다고요. 우리처럼 이렇게 힘겹게 일해야 하는 처지에 집에서마저 이런 끝없는 고통을 겪으며 산다는 건 정말 도저히 참을 수 없는 일이에요. 저도 이젠 더이상 참을 수 없어요."

그러고서 어찌나 격렬하게 울음을 터뜨렸던지 그녀의 눈물은 어머니의 얼굴 위로 흘러내렸고, 그녀는 기계적으로 손을 움직여 어머니의 얼굴에서 그 눈물을 계속 훔쳐냈다.

"애야. 그럼 우리가 어떻게 해야 좋겠니?"

아버지는 동정 어린 마음과 남다른 이해심을 내비치며 말했다.

하지만 여동생은 자신도 어찌 할 바를 모르겠다는 표시로 그저 어깨를 으쓱해 보일 뿐이었다. 눈물을 흘리는 동안 그녀는 정말 그와 같은 난감한 심정이 되었던 것이다. 방금 전의 자신감 있는 태도는 온데간데없었다.

"만일 저애가 우리 말을 알아듣는다면……"

아버지가 반쯤은 묻는 듯한 어조로 말하자, 여동생은 울다 말고 그런 일은 생각할 수도 없다는 듯 손을 세차게 내저었다.

"만일 저애가 우리 말을 알아듣는다면 말이다." 아버지는 다시 한번 같은 말을 되풀이하고는 그런 일은 불가능하다는 여동생의 확신을 자신도 그대로 받아들인다는 뜻으로 두 눈을 지그시 감았다. "그렇게만 된다면 저애하고 합의를 볼 수도 있을 텐데. 그런데 저렇게……"

"내쫓아야 해요!" 여동생이 소리쳤다. "그렇게 하는 수밖에 없어요, 아버지. 저것이 오빠라는 생각을 버리셔야 해요. 우리가 그토록 오랫동안 그렇게 믿어왔다는 것 자체가 바로 우리의 진짜 불행이에요. 도대체 저것이 어떻게 오빠일 수 있겠어요? 저것이 정말 오빠라면 우리가 자기와 같은 짐승과는 함께 살 수 없다는 것쯤은 벌써 알아차리고 제 발로 나가주었을 거예요. 그러면 우리는 계속 살아가면서, 오빠는 비록 잃어버렸을망정 오빠에 대한 기억은 소중히 간직할 수 있을 텐데 말이에요. 그런데 저 짐승은 우리를 못살게 굴고, 하숙인들을 쫓아내고…… 나중엔 틀림없이 이 집 전체를 독차지하고서 결국 우리를 길거리에서 잠을 자는 신세가 되도록 만들 거예요. 저것 좀 보세요, 아버지."

여동생이 갑자기 소리를 질렀다. "또 시작이에요!"

그러고서 그녀는 그레고르로서는 도무지 이해할 수 없는 어떤 공포에 사로잡혀 어머니마저 저버렸다. 그레고르 가까이 있느니 차라리 어머니를 희생시키는 편이 더 낫다는 듯 어머니의 안락의자에서 단호히 떨어져나와 아버지 뒤쪽으로 황급히 달려간 것이다. 아버지는 그녀의 그런 동작만으로도 흥분이 되어 덩달아 자리에서 벌떡 일어나더니 여동생을 보호하려는 듯 그녀를 향해 양팔을 반쯤 쳐들었다.

그러나 그레고르는 여동생은 물론 그 누구에게도 겁을 줄 생각이 전혀 없었다. 자기 방으로 돌아가기 위해 몸을 돌리기 시작한 것일 뿐이었다. 그 동작이 다만 좀 유별나 보이긴 했다. 상처를 입어 아픈 몸을 돌리기가 쉽지 않아 머리의 힘까지 빌려야 했기 때문에 머리를 쳐들었다가 바닥에 부딪히는 동작을 여러 번 되풀이했던 것이다. 그는 동작을 멈추고 주위를 둘러보았다. 가족들은 그에게 악의가 없다는 것을 알아차린 듯했다. 조금 전엔 순간적으로 놀란 것이었다. 이제 가족들은 모두 말을 잃고 슬픈 눈빛으로 그를 바라보고 있었다. 두 다리를 모아 쭉 뻗은 채 안락의자에 누워 있는 어머니의 두 눈은 피곤에 지친 나머지 눈꺼풀이 거의 내려와 있었다. 아버지와 나란히 앉아 있는 여동생은 한쪽 팔을 아버지의 목에 감고 있었다.

'이제는 몸을 돌려도 되겠지.' 그레고르는 다시 몸을 움직이기 시작했다. 너무 힘이 들어 숨이 턱까지 차오르곤 했기 때문에 조금이라도 숨을 돌리려면 간간이 쉬어야 했다. 그를 쫓는 사람은 아무도 없었고, 모든 것이 그 자신에게 맡겨져 있었다. 완전히 방향을 돌리고 나자 그는 왔던 길을 곧장 돌아가기 시작했다. 그는 자기 방이 그토록 멀리 있다는 데 깜짝 놀랐다. 이렇게 쇠약한 몸을 이끌고 아까는 어떻게 이토록 먼 거리를 기어올 수 있었을까 이해가 안 되었다. 내내 빨리 기어야 한다는 생각뿐이었으므로 그는 식구들이 어떤 식으로도 자기를 방해하고 있지 않다는 사실을 거의 깨닫지 못했다. 그들은 말을 하지도 소리치지도 않았다. 방문 앞에 다 이르러서야 그는 겨우 고개를 돌렸는데, 목이 뻣뻣해지는 느낌이 들었기 때문에 완전히 돌리지는 못했다. 그래도 그는 여동생이 일어섰다는 것 말고는 자신의 등 뒤에서 아무런 변화도 일어나지 않았다는 것을 눈으로 확인할 수 있었다. 그의 마지막 시선은 그새 완전히 잠이 들어버린 어머니를 스쳐갔다.

그가 방 안에 들어서기가 무섭게 문이 화다닥 닫히더니 빗장이 철컥 잠겼다. 문이 폐쇄된 것이다. 뒤에서 난 갑작스러운 소리에 그레고르는 깜짝 놀라 다리가 뚝뚝 꺾였다. 그렇게 서둘러 문을 닫은 것은 여동생이었다. 어느새 다가와 우뚝 서서 기다리고 있다가 와락 달려든 것이었다. 그레고르는 그녀가 다가오는 소리를 전혀 듣지 못했다. 그녀는 자물통에 꽂힌 열쇠를 돌리며 부모를 향해 외쳤다.

"됐어요!"

'그럼 이젠 어쩐다?' 그레고르는 스스로에게 물어보며 어둠 속에서 주위를 둘러보았다. 그리고 곧 자신이 이젠 전혀 움직일 수 없다는 것을 깨달았다. 그것이 이상하게 여겨지지는 않았다. 오히려 자신이 지금까지 이렇게 가는 다리로 돌아다닐 수 있었다는 것이 신기하게 여겨졌다. 게다가 기분도 비교적 괜찮은 편이었다. 온몸에 통증이 느껴지기는 했지만, 차차 약해져서 마침내는 완전히 사라져버릴 것만 같았다. 등에 박혀 썩어버린 사과와 그 주변의 염증 부위가 솜털 같은 먼지로 온통 뒤덮여 있었는데, 이미 그런 것들도 거의 느껴지지 않았다. 그는 가족들에 대해 감동과 사랑의 마음으로 돌이켜 생각해보았다. 그가 사라져야 한다는 생각은 아마 여동생보다 그 자신이 더욱 단호할 것이다. 탑시계가 새벽 세시를 칠 때까지 그는 이렇게 공허하고도 평화로운 생각에 빠져 있었다. 창밖의 세상이 훤하게 밝아오기 시작하는 것까지는 아직 알 수 있었다. 그러고는 그의 고개가 자신도 모르게 아래로 푹 떨어졌고, 콧구멍에서는 마지막 숨이 힘없이 흘러나왔다.

이른 아침에 파출부 할멈이 와서—제발 그러지 말아달라고 몇 번이나 부탁했지만 워낙 힘이 넘치고 성격이 급한 그녀인지라 문이란 문은 모두 쾅쾅 닫고 다니는 바람에 그녀가 왔다 하면 집안 어느 곳에서도 편안히 잠을 잘 수가 없었다—보통 때처럼 그레고르의 방을 잠깐 들여다보았지만 처음엔 뭔가 특별한 점을 발견하지 못했다. 그녀는 그레고르가 일부러 그렇게 꼼짝 않고 엎드려 기분 상한 척하고 있다고 생각했다. 그녀는 그가 뭐든지 다 이해할 수 있는 능력을 지니고 있다고 믿었던 것이다. 마침 손에 긴 빗자루를 들고 있었기 때문에 그녀는 문가에 선 채 그것으로 그레고르를 간질여보았다. 그런데도 아무런 반응이 없자 부아가 난 그녀는 그레고르를 약

간 찔러보았는데, 그는 아무런 저항도 없이 있던 자리에서 그대로 밀려났
다. 그때서야 비로소 그녀는 이상한 느낌이 들어 그레고르를 유심히 살펴보
았고, 곧 사태의 진상을 알게 된 그녀는 눈이 휘둥그레져서 자신도 모르게
휘파람을 획 불었다. 그녀는 그 자리에서 오래 머뭇거리지 않고 잠자 부부
의 침실 문을 획 열어젖히고는 어둠 속을 향해 커다란 목소리로 외쳤다.

"이리 좀 와보세요, 그것이 뻗었어요. 저기 자빠져서 완전히 뻗어버렸어
요!"

잠자 부부는 침대에서 벌떡 일어나 앉았다. 할멈의 말뜻을 파악하기 전
에 먼저 놀란 가슴부터 쓸어내려야 했다. 그러나 잠자 부부는 곧장 각자 침
대의 좌우로 후닥닥 뛰어내렸다. 잠자 씨는 이불을 어깨에 걸치고, 잠자 부
인은 잠옷 바람으로 뛰쳐나와선 바로 그레고르의 방으로 들어갔다. 그러는
동안 거실 문도 열렸다. 거실은 하숙인들이 오고 난 다음부터 그레테가 잠
을 자는 곳이었다. 그녀는 밤새 자지 않은 듯 옷을 다 입고 있었다. 창백한
얼굴도 그녀가 잠을 자지 않았다는 것을 말해주고 있는 듯했다.

"죽었다고요?"

잠자 부인은 의심스러운 듯 할멈 쪽을 쳐다보았다. 물론 그녀가 직접 확
인해볼 수도 있었고, 또 굳이 그러지 않아도 척 보면 알 수 있는 일이었다.

"제 생각엔 그런 것 같은데요."

할멈은 이렇게 말하며 빗자루로 그레고르의 사체를 옆으로 한참 쭉 밀어 보

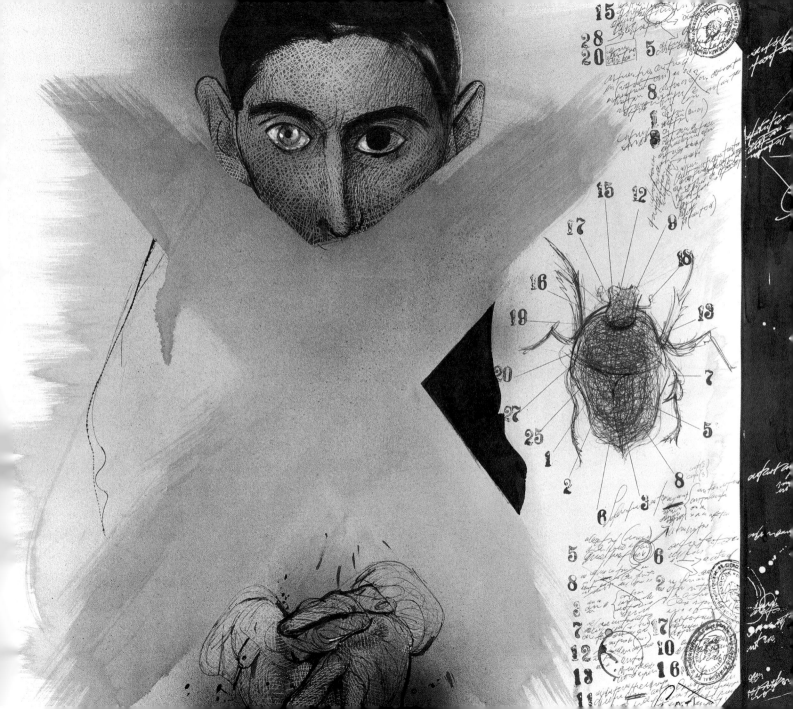

였다. 잠자 부인은 빗자루를 제지하려는 듯한 동작을 취했지만 실제로 제지하지는 않았다.

"자아, 이제 하느님께 감사를 드려야겠다."

잠자 씨가 성호를 긋자 세 여자도 따라 했다. 사체에서 눈을 떼지 않고 있던 그레테가 입을 열었다.

"다들 좀 보세요. 어쩌면 저렇게 말랐을까요. 하긴 그토록 오랫동안 아무것도 먹지를 않았으니…… 음식은 들여다놓은 그대로 다시 나오곤 했지요."

사실 그레고르의 몸은 완전히 납작한 모양으로 말라붙어 있었다. 사람들은 그것을 지금에야 알아본 것이다. 이제는 다리들이 더이상 그의 몸을 받쳐주지 못했고, 그 밖에는 사람들의 시선을 끌 만한 것이 아무것도 없었기 때문이다.

"그레테, 잠깐 우리 방으로 건너가자."

잠자 부인이 슬픈 미소를 지으며 말했고, 그레테는 사체 쪽을 돌아보면서 부모님 뒤를 따라 침실로 들어갔다. 파출부 할멈은 문을 닫고 창문을 활짝 열어젖혔다. 이른 아침인데도 상쾌한 공기 속에는 이미 미지근한 기운이 약간 섞여 있었다. 벌써 3월 말이었다.

세 명의 하숙인이 방에서 나와 어리둥절한 표정으로 두리번거리며 아침식사를 찾았다. 모두가 그들을 잊고 있었던 것이다.

"아침식사는 어디에 있는 거요?"

가운데 남자가 할멈에게 볼멘소리로 묻자, 할멈은 손가락을 입에 대고는 아무 말 없이 어서 그레고르의 방으로 와보라고 급히 손짓을 해댔다. 방으로 들어온 하숙인들은 낡은 재킷 주머니에 두 손을 찔러넣은 채 그레고르의 사체 주위에 둘러섰다. 방 안은 어느새 완전히 밝아져 있었다.

그때 침실 문이 열리더니 제복을 차려입은 잠자 씨가 한쪽 팔에는 부인을, 또다른 팔에는 딸을 대동하고 나타났다. 세 사람 모두 약간 운 듯했다. 그레테는 때때로 아버지의 팔에 얼굴을 갖다댔다.

"지금 당장 우리집에서 나가주시오!"

두 여자를 여전히 떼어놓지 않은 채 잠자 씨는 현관문 쪽을 가리켰다.

"무슨 말씀이신지요?"

가운데 남자가 약간 당황스러운 듯 묻고는 들척지근한 미소를 지었다. 다른 두 남자는 뒷짐을 지고서 끊임없이 두 손을 비벼댔다. 마치 자기들에게 유리하게 끝날 것이 틀림없는 큰 싸움이 시작되기를 기다리며 즐거워하고 있는 듯했다.

"내가 말한 바로 그대로요."

잠자 씨는 그렇게 대답하고는 두 여자를 양옆에 동반한 채 일렬횡대를 이루어 가운데 남자를 향해 걸어갔다. 남자는 처음엔 조용히 서서 마치 사물들이 머릿속에서 서로 짜맞추어져 새로운 질서를 이루기라도 할 것처럼 바닥을 내려다보더니 마침내 입을 열었다.

"그렇다면 나가지요."

그러면서 그는 잠자 씨를 쳐다보았는데, 마치 불현듯 겸허한 마음에 사로잡혀 이 결심에 대해서조차 새로이 승낙을 얻으려는 것 같았다. 잠자 씨는 눈을 부릅뜨고 그에게 그저 몇 번 짧게 고개를 끄덕일 뿐이었다. 그러자 남자는 곧장 현관 쪽으로 성큼성큼 걸어갔다. 그의 두 친구는 어느새 손장난도 멈추고 가만히 듣고 있다가 이제 그를 따라 거의 깡충깡충 뛰어가다시피 했다. 이는 마치 잠자 씨가 자기들보다 먼저 현관으로 가 형님과의 사이를 가로막지나 않을까 두려워하는 듯한 모습이었다. 현관에 이르러 그들 세 사람은 모두 옷걸이에서 모자를 집어들고 단장통에서 지팡이를 뽑아들더니 말없이 고개만 꾸벅 숙여 인사하고는 집에서 나갔다. 곧 밝혀지듯 아무런 근거도 없는 불신을 품고 잠자 씨는 두 여자와 함께 현관 밖으로 나갔다. 그들은 층계 난간에 기대어 세 남자가 긴 계단을 천천히 그러나 멈추지 않고 내려가는 모습을 지켜보았다. 세 남자는 각 층마다 계단이 일정하게 휘어지는 곳에서 잠시 사라졌다가는 몇 초 후 다시 나타나곤 했다. 그들이 아래로 내려갈수록 그들에 대한 잠자 씨 가족의 관심도 점점 사라져 갔다. 밑에서 그들을 향해 마주 올라오던 한 정육점 점원이 머리에 짐을 이고 당당한 태도로 그들을 지나쳐 위로 올라오고 있었다. 잠자 씨는 곧 두 여자를 데리고 그 자리를 떠났고, 모두는 마음이 홀가분해진 듯 집안으로 돌아왔다.

그들은 오늘 하루를 푹 쉬면서, 산책이나 하며 보내기로 결정했다. 그들에게는 그렇게 일을 잠시 그만두고 휴식을 취할 만한 이유가 있었다. 아니, 휴식이 절대적이라 할 만큼 꼭 필요했다. 그들은 식탁에 앉아서 세 통의 결근계를 썼다. 잠자 씨는 지배인에게, 잠자 부인은 일거리를 맡긴 사람에게, 그레테는 상점 주인에게. 편지를 쓰고 있는 동안 파출부 할멈이 들어와 아침 일이 끝났으니 이제 돌아가겠다고 말했다. 세 사람은 처음엔 쳐다보지도 않은 채 고개만 끄덕였으나, 할멈이 그래도 갈 생각을 않자 그제야 비로소 언짢은 듯 쳐다보았다.

　"무슨 일이지요?"

　잠자 씨가 물었지만 할멈은 마치 그들에게 대단히 기쁜 소식을 하나 전할 게 있다는 듯, 하지만 자기한테 열심히 캐물어야만 알려주겠다는 듯한 태도로 빙긋이 웃으며 문간에 서 있었다. 그녀의 모자 위에 거의 수직으로 꽂혀 있는 조그만 타조 깃털 장식이 사방으로 가볍게 흔들렸다. 잠자 씨는 그녀가 일하는 시간 내내 그 깃털 장식이 거슬리던 참이었다.

　"도대체 왜 그러는 거죠?"

　잠자 부인이 물었다. 할멈은 식구들 중 그래도 잠자 부인을 가장 존경하고 있었다.

　"네, 사실은……" 할멈은 입을 떼었으나 실없이 웃음이 나오는 바람에 곧바로 다음 말을 할 수 없었다. "그러니까, 옆방의 저 물건을 어떻게 치워

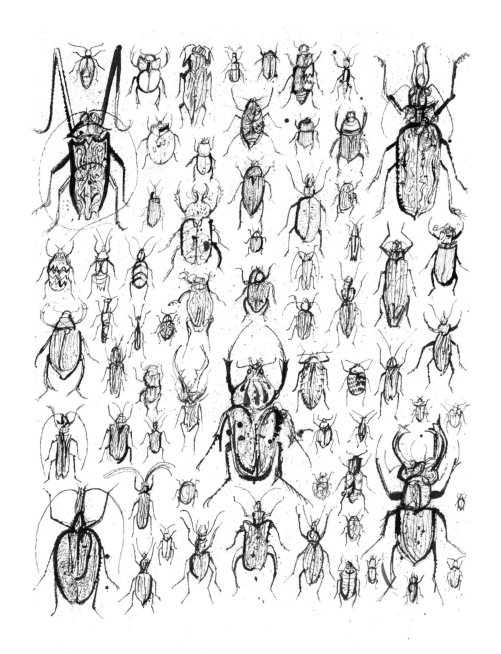

야 할까 하는 문제에 대해서는 걱정을 하시지 않아도 된다구요. 제가 이미 처리했거든요."

잠자 부인과 그레테는 쓰다 만 글을 계속 쓰려는 듯 다시 편지 위로 몸을 숙였고, 잠자 씨는 할멈이 이제 전후 상황을 상세히 설명하려 드는 것을 눈치채고 얼른 손을 쭉 뻗어 단호히 가로막았다. 이야기를 늘어놓을 수 없게 되자 할멈은 자기가 지금 굉장히 바쁜 몸이라는 것을 생각해내고는, 기분 상한 기색을 역력히 드러내며 소리쳤다.

"다들 안녕히 계슈."

그러고는 휙 돌아서더니 문들을 쾅쾅 닫으며 집을 나갔다.

"저녁때 할멈이 오면 내보내도록 합시다."

잠자 씨가 말했으나 아내도 딸도 아무 대답이 없었다. 간신히 얻게 된 마음의 평온이 할멈 때문에 다시 깨져버린 것 같았던 것이다. 두 여자는 일어나 창가로 가서 서로 부둥켜안은 채 그대로 서 있었고, 잠자 씨는 안락의자에 앉은 채 그들 쪽으로 몸을 돌리고는 얼마간 조용히 그들을 지켜보았다. 그리곤 외쳤다.

"자, 이리들 와요. 지난 일들은 그만 잊어버려요. 이젠 내 생각도 좀 해주어야지."

두 여자는 즉시 그에게로 달려와 그를 애무하고는 급히 각자의 편지를 마무리했다. 그러고 나서 세 사람은 다 함께 집을 나섰다. 몇 달 만에 처음으로 해보는 일이었다. 그들은 전차를 타고 교외로 나갔다. 그들이 탄 차량에는 오붓하게 그들 가족뿐이었는데, 따스한 햇살이 차 안 곳곳을 밝게 비추어주었다. 그들은 좌석에 편안히 등을 기대고 앞으로의 전망에 대해 이야기를 나누었다. 잘 생각해보니 전망이 그리 어두운 것도 아니었다. 사실 지금까지는 서로 상세히 물어본 적이 없었지만 세 사람 모두 꽤 괜찮은 일자리를 얻은데다, 특히 앞으로는 전망이 밝은 편이었기 때문이다. 지금 당장 상황을 개선하기 위한 가장 좋은 방법은 두말할 것도 없이 집을 옮기는 일일 것이다. 이제 그들은 그레고르가 고른 지금의 집보다 더 작긴 해도 더 싸고 위치도 좋은, 대체적으로 보다 실용적인 집을 얻고자 했다. 이렇게 이야기를 나누고 있는 동안, 잠자 씨 부부는 점점 생기가 도는 딸의 모습을 바라보며 그녀가 최근에 두 볼이 창백해질 정도로 갖은 고생을 다 했음에도 불구하고 아름답고 탐스러운 처녀로 피어났다는 것을 두 사람이 거의 동시에 느꼈다. 부부는 점점 말수가 적어지더니 거의 무의식적으로 눈길로 대화를 나누며 이제는 슬슬 딸에게 착실한 신랑감도 구해주어야 할 때가 된 것 같다고 생각했다. 목적지에 이르자 딸이 제일 먼저 일어나 젊은 몸을 쭉 펴며 기지개를 켰을 때, 그들에게는 그 모습이 그들의 새로운 꿈과 아름다운 계획의 보증처럼 여겨졌다.

Franz Kafka

1883년 7월 3일 체코 프라하 출생.

1901년 카를페르디난트대학교 입학.

1902년 10월 평생의 친구 막스 브로트를 처음 알게 됨.

1904/5년 『어느 투쟁의 기록』 집필.

1906년 주크만텔의 요양소에서 생애 최초의 여인을 만나게 되지만

유부녀였다는 사실 이외에는 카프카가 침묵으로 일관하여 알려진 바가 없음.

8월 카를페르디난트대학교 법학 박사학위 받음.

1907년 7월 보험회사 입사.

1908년 7월 노동자재해보험공사로 직장을 옮김.

1910년 일기를 쓰기 시작함.

1912년 8월 펠리체 바우어와의 첫 만남. 『선고』 『실종자』 『변신』 완성.

1914년 6월 펠리체와 약혼, 7월 약혼 파기. 『유형지에서』 집필.

1915년 1월 펠리체와 재회.

1917년 7월 펠리체와 다시 약혼했으나 12월에 다시 파기. 8월에 각혈이 시작됨.

1919년 연초 율리에 보리체크와 만남. 5월 율리에와의 약혼.

1920년 여름 율리에와의 약혼 파기.

1920년 4월 밀레나와의 편지 왕래. 사랑으로 발전하여 1923년까지 계속됨.

1922년 노동자재해보험공사 퇴직. 『성』 집필.

1923년 7월 도라 디아만트와의 사귐. 9월 도라와 동거(베를린).

1924년 4월 키를링요양소에 입원.

1924년 6월 3일 임종. 도라와 클로프슈토크가 임종을 지킴.

옮긴이의 말

소설 『변신』은 벌레로 변한 한 인간의 이야기이다. 그는 다시 인간으로 돌아오지 못하고 사회, 특히 가족의 냉대와 무관심 속에 비참하게 죽어간다. 한마디로 그로테스크한 이야기가 아닐 수 없다. 작품에 나와 있는 묘사로 볼 때 변신한 그의 몸은 벌레 중에서도 갑충의 형상을 하고 있다. 단단한 등껍질, 각질의 칸들로 나뉜 둥그런 배, 수없이 많은 가느다란 다리들…… 소설 후반부에 등장하는 파출부 할멈의 입을 통해서는 그에게 '말똥구리'라는 이름이 붙여지기도 한다. 아무튼 그와 유사한 모습의 '벌레 인간' 그레고르, 그는 어쩌다가 그와 같은 벌레로 '변신'하게 된 것일까? 작품을 읽는 동안 내내 머릿속을 맴도는 의문이다.

우리는 이미 동화나 신화, 영화와 만화를 통해 무수히 많은 변신 이야기를 알고 있다. 거기서는 대개 마법이나 초능력, 신적인 능력에 의해 변신이 이루어진다. 변신의 명수인 제우스 신을 비롯해 개구리 왕자, 늑대 인간, 미녀와 야수, 배트맨, 스파이더맨 등등. 우리는 그들의 변신에 대해 의문을 제기하거나 이유를 묻지 않는다. 그런 종류의 이야기들에서는 상상력의 자유로운 유희가 거의 무제한적으로 통용될 수 있는 초인간적이고 초자연적인 힘의 세계가 전제되어 있기 때문이다. 그래서 그들은 다시 그러한 힘에 의해 수시로, 그리고 결국에는 본래의 모습으로 돌아오곤 한다.

그러나 카프카의 변신 이야기에서는 주인공 그레고르가 처음부터 이미 변신한 벌레의 모습으로 등장하여 내내 벌레의 몸으로 살다가 끝내 벌레의 존재로 숨을 거둔다. 변신 전의 본래 모습은 회상을 통해 그의 기억 속에만 존재할 뿐이다. 어떻게 변신이 이루어졌는지는 알 수 없으나 주인공이 어느 날 갑자기 벌레로 변신했다는 비현실적인 사실을 제외하고는 철저히 사실적인 공간과 현실적인 토대 위에서 이야기가 진행된다. 따라서 거기에는 도저히 인간을 벌레로 변하게 한다든가 아니면 그 반대의 경우를 초래할 만한 어떤 초월적인 힘의 개입도 불가능해 보인다. 그러나 서사적 토대의 이러한 현실성은 결국 변신이라는 비현실적 전제 위에 성립하고 있는 것이다. 이러한 점에 바로 카프카 문학 특유의 부조리성 또는 파라독스 구조가 놓여 있다. 『변신』뿐만 아니라 그의 다른 소설들의 경우에도 대부분 그 이야기 속을 따라 걷다보면 다분히 현실적인 풍경이 전개되는 듯하나 어느 순간 딛고 있는 바닥이 갑자기 꺼져버릴 것 같은 불안한 느낌이 섬뜩하게 다가오는 것은 바로 그러한 구조에서 연유하는 특성일 것이다.

소설 『변신』에서는 카프카의 다른 작품들에 비해 과장된 제스처와 희극적인 동작 묘사가 두드러지게 구사되고 있다. 벌레로 변한 그레고르의 모습에 놀라 다들 혼비백산하는 장면, 아버지 잠자 씨가 아들 그레고르에게 사과 폭탄 세례를 퍼붓는 장면, 여동생 그레테의 바이올린 연주 때의 소동 장면 등등. 이러한 희극적 요소들은 지극히 사실적인 정밀 묘사를 통해 견고하게 구축된 가상적 현실을 희화적으로 드러내거나 그로테스크하게 일그러뜨리는 효과를 내는 데 기여하고 있다. 이와 같이 사실적 묘사와 회화적 묘사는 이 작품의 주된 문체적 특성을 이룬다. 카프카는 아마도 이러한 서사적 수단을 통해 실제의 현실세계 자체를 문제시하고 있는 듯하다. 너무나도 견고한 현실세계 속에서 너무나도 무력한 개인, 현실생활의 중압감에 짓눌려 해방적인 틈을 갈구하는 개인, 그에게 현실 그 자체는 악몽이다. 그 악몽과도 같은 현실은 곧 우리 자신도 속해 있는 자본주의적 현실이다.

출장 영업사원이라는 주인공 그레고르의 직업은 자본주의 사회의 비인간적 현실을 단적으로 드러내 보여준다. 늘 일과 시간에 쫓겨야 하고 식사시간도 불규칙하며 지속적인 인간관계도 맺을 수 없는 그의 직업생활은 그에게 사적인 영역을 포기하고 오직 회사라는 조직을 위해서만 살아가는 존재가 되기를 요구한다. 그러한 요구에 충실하여 실제로 그는 일벌레가 되고 돈 버는 기계가 된다. 그가 기꺼이 그럴 수 있었던 것은 사업에 실패한 아버지를 대신해 가족의 생계를 해결해야 하는 책임감과 무엇보다도 가족에 대한 사랑 때문이었다. 그러나 가족들은 곧 그의 그러한 역할에 익숙해져 그를 돈 벌어오는 존재로만 여길 뿐 가족간의 따뜻한 교감이나 인간적 대화 따위에는 별 관심이 없다. 이러한 현실 속에서 인간으로서의 정체성은 점점 희미해져가고 삶은 황폐화, 기계화, 비인간화되어갈 뿐이다. 그레고르는 더이상 인간이 아니라 말 그대로 일벌레로, 돈 버는 기계로 전락하는 것이다. 그레고르의 변신은 이와 같이 자본주의 아래 소시민적 가정의 물화된 삶을 배경으로 하고 있다.

여기서 우리는 '변신'의 원인을 짚어볼 수 있다. 지금까지의 서술대로라면, 인간에게 비인간이 되기를 강요하는 폭압적 현실 자체가 곧 변신의 원인이라고 할 수 있지 않을까? 아니면 반대로 그러한 비인간적 현실로부터 벗어나기를 바라는 강렬한 (무의식적) 소망이 변신을 초래한 것은 아닐까? 다시 말해 그레고르를 벌레로 변신시킨 것은 현실 자체인가 아니면 현실로부터의 탈출 충동인가? 그러할 때 '벌레'의 의미는 각각 어떻게 이해될 수 있는가? 전자의 경우라면, '벌레'는 현실의 폭압적 힘에 의해 인간적 알맹이를 상실하고 비인간적 껍데기만 남게 된 동물적 인간 존재를 형상화한 것이라 할 수 있다. 이 경우 '변신'은 현실 반영적 의미로 이해된다. 반면 후자의 경우라면, '벌레'는 비인간적 현실에 의해 아직 훼손되지 않고 물질과 돈의 힘에 의해 지배되지 않는 인간의 고유한 부분, 즉 그레고르의 본래적 자아라고도 할 수 있다. 다만 그것은 그 동안의 폭압적 삶에 의해 겉모습이 심하게 일그러져 벌레와도 같은 몰골을 하게 된 자아이다. 이 경우 변신은 일종의 해방적 의미로 읽혀진다. 이와 같이 변신의 원인을 외적 요인(=현실 자체)에 의한 것으로 볼 것인가, 내적 요인 (=현실로부터의 탈출 충동)에 의한 것으로 볼 것인가에 따라 변신의 의미는 서로 상반된 방향으로 이해된다. 그러나 변신의 의미는 결코 어느 한 가지로만 고정될 수 없으며, 그 한 가지의 의미도 이야기의 맥락과 상황에 따라 변화를 겪을 수 있다. 가령 변신의 해방적 의미는 벌레라는 새로운 몸을 얻게 됨으로써 현실의 파괴적 영향으로부터 고유한 인간성을 지켜 낼 수 있다는 점에서 처음엔 탈현실의 긍정적 의미를 갖는 것 이었으나, 세상과의 소통불능, 가족들의 몰이해, 변신의 고착 화 등으로 인해 점차 동물의 몸 안에 갇힌 고립된 해방으로 의미가 축소되고 희미해지다가 결국엔 무의미한 죽음과 함께 완전히 소멸된다고 할 수 있다.

『변신』은 현대인의 실존적 위기를 주제로 하는 일종의 현 대적 우화로도 읽힌다. 예컨대 이 소설은 실직이나 사고 등 으로 경제적 능력을 상실함으로써 삶 전체가 위기에 처하게 되는 현대인의 상황을 벌레의 형상을 빌려 우화적으로 묘사 하고 있는 작품으로도 볼 수 있을 것이다. 그때 벌레의 형상 은 인간의 경제적 능력이라는 알맹이를 빼버리고 남게 된 껍

데기를 나타낸다고 할 수 있다. 또한 변신한 그레고르의 언어에 주목하여 그의 벌레 언어는 세상과 소통할 수 없는 자신만의 고독한 언어를 상징적으로 나타내는 것으로, 따라서 작품 전체는 진정한 의사소통을 이루지 못하는 현대인의 소통단절 내지 대화부재 상황을 다루고 있는 것으로 이해할 수도 있다. 그런가 하면 『변신』은 벌레의 몸이라는 새로운 육체적 실존 상황 속에서 인간의 의식이 여러 곡절과 굴절을 거치며 오디세이적 체험을 해나가는 실험적 심리 드라마의 측면을 보여주기도 한다.

　이 작품에는 또한 부자 갈등이라는 저자 자신의 오랜 자전적 테마가 아버지 잠자 씨와 아들 그레고르 간의 관계 변화에 대한 묘사를 통해 부분적으로 형상화되어 있다. 그레고르의 변신 전 아버지 잠자 씨는 무기력하고 거세당한 노인의 모습으로 묘사되지만, 그레고르의 변신 후 그는—그 자신도 변신 (?)하여—그동안 자신의 자리를 차지하고서 대신 가장 역할을 해온 아들 그레고르에 대해 노골적으로 적대감을 드러내고 급기야는 폭력을 행사하기에까지 이르는 것이다. 사과 폭탄 장면은 다시 권력을 되찾은 아버지와 권력을 빼앗긴 아들의 대결 상황을 극적으로 묘사하고 있다. 이처럼 『변신』에는 아버지와 아들이 무의식의 은밀한 차원에서 권력관계의 역전과 반전의 드라마를 펼치는 내용도 포함되어 있다.

그밖에 그레고르가 액자와 액자 속 여인을 사수하는 장면에서는 긴박한 상황에서도 인간 그레고르의 관능적 본능이 불쑥 솟아오르기도 하고, 여동생 그레테의 바이올린 연주 장면에서는 음악에 감동하여 새롭게 눈을 뜬 인간 그레고르의 마지막 자존심이 죽음을 앞두고 고개를 쳐든다. 그러나 그의 모든 인간적 제스처는 벌레의 허울을 쓰고 행해지는 외로운 동작들이다. 인간의 언어를 상실한 그는 오직 행동으로 말할 뿐이나 그의 행동을 이해해주는 사람은 아무도 없다. 변신 전 그와 가장 가까웠던 혈육인 여동생마저도. 나중에는 오히려 그녀가 앞장서서 그의 죽음을 재촉한다. 20세기 초 세계 문학의 지평 위에 홀연히 등장한 그레고르라는 이름의 이 벌레는 과연 무엇인가? 끊임없이 다시 처음의 의문으로 돌아가게 만드는 그 힘은 어디에서 오는 것인가? 그 정체를 밝히고자 이제껏 수많은 글들이 쓰이고 나름의 답들도 제출되었으나 이 괴물 같은 존재는 어떠한 답도 거부한 채 우리의 의식 너머에 수시로 출몰하여 조롱하듯 어른거릴 뿐이다. 소설 속에서 결국 그는 숨을 거두었으나 소설 밖 우리의 의식 속에서는 영원히 살아 있을 모양이다.

　카프카의 『변신』은 1950년대부터 최근에 이르기까지 끊임없이 새롭게 번역되고 있는 작품이다. 그 동안 그 수를 모두 헤아리기 어려울 정도로 수많은 번역본이 나왔으니 그의 작품들은 물론 서양 문학 작품들 전체 중에서도 가장 많이 번역된 작품에 속할 것이다. 이러한 작품을 새롭게 번역하는 일은 여간 조심스럽고 까다로운 일이 아닐 수 없다. 이전의 번역보다는 적어도 나아야 한다는 강박 관념이 의식·무의식적으로 작용하기 마련이기 때문이다. 작업하는 동안 책상 위에는 내내 선별된 대여섯 종의 번역본이 펼쳐져 있었고 문장 하나하나 옮겨질 때마다 기존의 번역들이 비교되고 참조되었다. 당연히 많은 도움이 되기도 했으나 오히려 장애가 되기도 했다. 이렇게 해서 또다른 번역이 하나 추가되었으니 오직 선배들의 번역에 누가 되지 않았기를 바랄 뿐이다. 덕분에 실로 오랜만에 카프카 문장의 매력에 흠뻑 빠져볼 수 있는 기회를 준 문학동네에 감사의 마음을 전한다.

옮긴이 **이재황**

서울대학교 독문과와 동 대학원을 졸업했다. 독일 본대학교에서 수학 후 서울대학교에서 문학
박사학위를 받았다.「안나 제거스의 망명기 문학과 그 미학적 기초」「파시즘과의 문학적 대결」
등의 논문이 있으며, 옮긴 책으로『아버지에게 드리는 편지』『선과 악』『소송』『통과비자』『성城』
등이 있다.

문학동네 세계문학
변신

1판 1쇄 │ 2005년 7월 30일
1판 54쇄 │ 2024년 10월 26일

지은이 프란츠 카프카
그린이 루이스 스카파티
옮긴이 이재황
책임편집 조연주 김반희 양수현
마케팅 정민호 서지화 한민아 이민경 왕지경 정경주 김수인 김혜원 김하연 김예진
브랜딩 함유지 함근아 박민재 김희숙 이송이 박다솔 조다현 정승민 배진성
제작 강신은 김동욱 이순호 │ 제작처 영신사

펴낸곳 (주)문학동네 │ 펴낸이 김소영
출판등록 1993년 10월 22일 제2003-000045호
주소 10881 경기도 파주시 회동길 210
전자우편 editor@munhak.com │ 대표전화 031)955-8888 │ 팩스 031)955-8855
문의전화 031)955-1927(마케팅) 031)955-1917(편집)
문학동네카페 http://cafe.naver.com/mhdn
인스타그램 @munhakdongne │ 트위터 @munhakdongne
북클럽문학동네 http://bookclubmunhak.com

ISBN 89-546-0020-4 03850

www.munhak.com

파우스트

요한 볼프강 폰 괴테 지음 | 외젠 들라크루아, 막스 베크만 그림 | 이인웅 옮김

괴테가 육십여 년에 걸쳐 쓴 필생의 대작이자 독일문학 최고의 걸작으로 일컬어지는
영원불멸의 고전. 지식과 학문에 절망한 노학자 파우스트 박사의 미망(迷妄)과 구원
의 장구한 노정.

지킬 박사와 하이드 씨

로버트 루이스 스티븐슨 소설 | 마우로 카시올리 그림 | 강미경 옮김

『보물섬』의 작가 로버트 루이스 스티븐슨이 인간의 마음속에 공존하는 선과 악의 대
립에 대해 심오한 질문을 던진다. 명망 높은 과학자 헨리 지킬 박사와 흉악범 에드워
드 하이드, 두 사람의 미스터리한 이야기.

검은 고양이

에드거 앨런 포 소설 | 루이스 스카파티 그림 | 강미경 옮김

비운의 천재 작가 에드거 앨런 포의 공포 단편선. 인간의 비이성적인 광기와 분노를
그린 「검은 고양이」, 서서히 죽음을 "맛보는" 고통 「나락과 진자」, 산 채로 매장당한
자의 생생한 경험담 「때 이른 매장」 수록.

필경사 바틀비

허먼 멜빌 소설 | 하비에르 사발라 그림 | 공진호 옮김

"안 하는 편을 택하겠습니다." 삭막한 월 스트리트에서 안락하게 살아온 한 변호사 앞
에 기이한 필경사 바틀비가 등장하고, 이 필경사가 던진 한마디가 월 스트리트의 철
벽에 균열을 일으키기 시작하는데…… 세계문학사 최고의 단편.

외투

니콜라이 고골 소설 | 노에미 비야무사 그림 | 이항재 옮김

보잘것없는 9급 문관 아카키 아카키예비치의 인생에 어느 날 새로운 외투가 나타난
다. 하지만 새 외투를 처음 입은 날, 그는 강도를 만나 외투를 빼앗기고 마는데……
비판적 리얼리즘의 대가 고골이 그린 러시아 문학의 정수!

바베트의 만찬

이자크 디네센 소설 | 노에미 비야무사 그림 | 추미옥 옮김

노르웨이 작은 마을의 노자매 앞에 어느 날 신비로운 여인 바베트가 나타난다. 프랑스 제일의 요리사 바베트는 자매를 위해 특별한 만찬을 차려내는데…… 20세기 최고의 이야기꾼 이자크 디네센의 대표 단편.

밤: 악몽

기 드 모파상 소설 | 토뇨 베나비데스 그림 | 송의경 옮김

19세기 세계문학사에서 3대 단편작가로 꼽히는 모파상. 그가 그려내는 어둠에 대한 동경과 공포, 파리 시가지의 밤 풍경, 현실과 비현실을 넘나드는 주인공의 의식을 통해 환상적이고 광기어린 분위기를 담아냈다.

장화 신은 고양이

샤를 페로 소설 | 하비에르 사발라 그림 | 송의경 옮김

프랑스 아동문학의 아버지 샤를 페로의 고양이 이야기. 가난한 방앗간 주인의 막내아들은 유산으로 달랑 고양이 한 마리를 받고, 고양이는 천연덕스럽게 장화를 신고 자루를 목에 걸고는 사냥을 나서는데……

개를 데리고 다니는 여인

안톤 체호프 소설 | 하비에르 사발라 그림 | 이현우 옮김

"제대로 살아보고 싶었어요!" 남에게 보여주기 위한 삶, 자신에게도 솔직하지 못한 삶, 그 안에 숨은 열정, 그리고 시작되는 사랑…… 로쟈 이현우의 러시아어 원전 번역으로 만나는 체호프 단편소설의 정점.

아담과 이브의 일기

마크 트웨인 소설 | 프란시스코 멜렌데스 그림 | 김송현정 옮김

미국문학의 아버지 마크 트웨인이 그려낸 인류 최초의 러브스토리. '이 세상'에 도착한 최초의 여행자 아담과 이브. 게으르고 저속하며 아둔한 '그'와, 쉴새없이 재잘대고 엉뚱한 짓을 저지르는 '그녀'가 새로운 '우리'로 거듭나기까지.

1984

조지 오웰 장편소설 | 루이스 스카파티 그림 | 김기혁 옮김

첨단기술을 만난 독재의 화신, 모든 것을 보고 듣고 통제하는 빅 브라더. 그리고 인간 정신을 지키기 위해 분투하는 '지구 최후의 남자' 윈스턴…… 조지 오웰의 작가적 목소리가 오롯이 담긴 최후의 걸작 『1984』가 세계적인 화가 루이스 스카파티의 시선을 사로잡는 삽화로 더욱 강렬하게 다가온다.